夢枕貘

妖猫传

1

沙门空海·大唐鬼宴

（日）梦枕獏 ◎ 著
林皎碧 ◎ 译

北京联合出版公司
Beijing United Publishing Co.,Ltd.

目录

主要登场人物

德宗—顺宗时代（七八〇—八〇五）

空海：为求密宗大法而入唐的年轻日本修行僧。

橘逸势：以遣唐使身份赴长安的日本儒生，空海的好友。

丹翁：道士。经常出没于空海四周，并给予意见。

刘云樵：金吾卫卫士，家中出现妖猫，妻子为妖所夺。

徐文强：骊山下的农民，因在棉花田里听到谜般的细语，而引发怪异事件。

张彦高：金吾卫卫士，徐文强的好友。

大猴：出生于天竺的巨汉，空海的用人。

玉莲：胡玉楼的妓女。

丽香：雅风楼的妓女。

马哈缅都：波斯商人。多丽丝纳、都露顺谷丽、谷丽缇肯三姐妹的父亲。

惠果：青龙寺老师父。

凤鸣：青龙寺僧人，来自吐蕃。

安萨宝：祆教寺住持。

白乐天：即白居易，大诗人，以玄宗和杨贵妃的关系为题材，写下名诗《长恨歌》。

王叔文：顺宗朝宰相。

柳宗元：王叔文的同党，中唐之代表文人。

韩愈：柳宗元同僚，亦为中唐之代表文人。

子英：柳宗元属下。

赤：柳宗元属下。

周明德：方士，督鲁治手下。

督鲁治：来自波斯的咒师。

玄宗时代（七一二—七五六）

阿倍仲麻吕：玄宗时入唐的日本儒生，一生都在唐国度过。汉名为“晁衡”。

李白：唐朝代表诗人，曾得玄宗宠爱后又失势。

玄宗：大唐皇帝，宠爱杨贵妃。

杨贵妃：玄宗爱妃。集玄宗宠爱于一身，因安史之乱而死于非命。

高力士：玄宗朝之宦官。

黄鹤：胡人道士。杨贵妃临刑时，提出不同处理建议。

丹龙：黄鹤的弟子。

白龙：黄鹤的弟子。

不空：密宗僧。

序卷　妖物祭

妖怪第一次出现在刘云樵宅邸，是八月上旬的事。

阴历八月，即阳历九月。

那一年——贞元二十年（八〇四）七月六日，从日本久贺岛出发的遣唐使第一船，途中遭到暴风雨，载着沙门空海的船只在海上漂流了三十四天，来到了福州海岸。也是八月的事。

古籍记载："福州长溪县赤岸镇以南海口。"

此处属于闽地。

空海来到这块土地时，还是个默默无闻的留学僧，这是他初次踏上唐土。

这些暂且不表。

我们再回到刘云樵宅邸的妖怪上来。

那天下午，云樵的妻子坐在看得见庭院夹竹桃的厢房里，正吃着木盘上的瓜果。

女佣端上来的是哈密瓜。

整个哈密瓜对切成两半，再将每一半切成三片，她正品尝着这些哈密瓜。

这时，有只黑猫慢条斯理地从庭院走了过来。

那是只长毛大猫。

它走到盛着哈密瓜的木盘前坐了下来，用碧绿的瞳孔仰望着云樵的妻子。

“喂，看起来很好吃哦。”猫如此说。

突然来了只会说话的猫，把云樵的妻子吓了一大跳。

她把含在口中的哈密瓜囫囵吞下，环视四周，四下无人，再把视线落在猫身上。

“是俺在说话啦。”大猫说。

似乎没错，果然就是猫在说话。

这下子，云樵的妻子猛盯着猫端详。

那只猫张开红色大嘴巴，蠕动的舌头近在眼前。

她虽然还不至于吓到呆若木鸡，却也讲不出话来了。

它真的在说人话。

可能是猫舌头长度、下巴构造和人类不同吧，发音和人有些不一样，但它所说的无疑是人话。

“给一块吧！”

猫突然伸爪从盘中抓了一块瓜，挪扫到地上，立刻吃得干干净净。

“要能再来条鱼就更好了。”它用可怕的眸子凝视着云樵的妻子，“今天中午，隔壁张家不是送来了鲤鱼吗？”

确实如猫所言，中午隔壁张家才送来了两条肥美硕大的鲤鱼。

而且是活鲤鱼，现在还活蹦乱跳地养在水盆里。

“鱼比较好，把活鲤鱼拿上来吧！”猫对云樵的妻子说。

仿佛主人在使唤下人一般。这不是普通的猫。

云樵的妻子心里想着，自古以来，就有老猫幻化成妖、能解人语的传说，这只猫恐怕就是这类妖怪了。

她愈想愈害怕，就唤令女佣把装着鲤鱼的水盆端过来。

“真是好鱼！”

那猫一说完，立刻伸出爪从水中一把抓起鲤鱼来，鱼尾巴还在地面上下拍打，大猫便已从头部咯吱咯吱地扯嚼起来了。

“剩下一尾，留给云樵吧！”猫说。

话才说完，猫随即跃往墙角，眼看它倒挂在天花板上奔跑，一溜烟儿就消失无踪了。

“哈密瓜跟鲤鱼真是好吃。过阵子俺还来。”屋顶传来猫声，“你到院里夹竹桃树下挖挖看吧！”

留下这句话后，就再没听到猫的声音了。

云樵的妻子抱着姑且一试的心情，要用人挖挖看，结果挖出一个陶坛。打开一看，里面装满小铜钱，虽说是小铜钱，数一数竟然也有云樵半年薪饷那么多。

傍晚，云樵一回到家，妻子急忙报告此事。

听完妻子的话，云樵起先还疑惑怎么会有这种事，看到坛子和钱币后，也只好相信了。

“不过……”云樵双手交叉于胸前。

问题是，这些钱该如何处置呢?

刘云樵任职于“金吾卫”。这官职，换成现代说法，就是大唐首都长安警局的警官。这个职位并非一般人就能担任的。

在长安，从皇城北侧中央的朱雀门到南侧的明德门，有条南北向的笔直大路，此大路名为“朱雀大街”。以大街为中心，西侧称“右街”，东侧则称为“左街”。

云樵负责右街的警备，所以是“右金吾卫”官员。

尽管是从自家庭院挖出来的，然而，依他这种身份，能否把这笔无主钱财据为己有呢？他心中非常犹豫。

这座宅邸，原本也非云樵所有。这是一百多年的老宅子。

据说，最初是由从洛阳迁来长安的一名油商所建造，屋主早已几度更迭。

刘家从云樵的祖父那一代才住进来。祖父刘仲虚，安史之乱时曾随玄宗逃到蜀地。

若是祖父所藏之物，死前理应有所交代才对啊！这些钱，恐怕是最早入住的油商或是后来进住者所埋藏的吧？

事到如今，根本无从查出是谁的；倒也不是完全没办法，只是非常困难罢了。

到底该如何是好呢？云樵抱着手臂暗忖。

“这有什么不好？”云樵的妻子说，“我们不也收过好几回别人的钱吗？”

“但是，那些钱算是……”

云樵想说的是——“贿赂”，总还算是来路清楚的钱。所谓贿赂，是云樵对某些事睁一只眼闭一只眼，或给人家什么方便所获得的报酬。

“这些钱来路不明，”因为是妖怪所给的，所以云樵说，“很可怕！”

云樵向妻子说明，自己烦恼的是能否将“非报酬性”的金钱据为己有。

“那只好扔掉喽。”

“这样也……”云樵含糊其词。

真要扔掉，又觉得可惜。若是给别人，更是心有不舍。

如果呈报上去，事情会变得更加复杂，到头来，这笔钱不是落到某官吏怀抱里，便是被某人给霸占了。

话虽如此，若说要把钱再埋回原处，还是不甘心。

“把这当成报酬，不就得了吗？”妻子说。

“嗯，可是……”

“就当是那只猫吃掉鲤鱼后送给我们的回礼，这不是很好吗？”妻子又说。

尽管如此，云樵仍然拿不定主意。

“嗯……”他歪头苦思。

“收下吧！”屋顶又传来了声音。是那只猫的声音。

最后，事情就这样定下来了。

“那真是一只好猫啊！”云樵的妻子喜滋滋地说。

于是，那只猫就变成云樵家饲养的猫了。

虽说饲养，却和一般人的饲养方式有些不同。总之，那只猫只在高兴时才会出现。

也因此，所谓猫食，就是每晚将一尾活鱼放入水盆，再把水盆置于屋角。翌日早晨前去查看，水盆中就看不到鱼了。

“喂，我想吃肉！”当猫想吃别的食物时，自己也会出声。

大猫还经常预言。

“傍晚要下雨啰。”突然会说出这样的话。

结果，无论早上天气多好，一到傍晚，果真就会下起雨来。

“今天，你丈夫会晚点回来。”

果然，当天云樵就会因急事而晚归。

刚开始还觉得很方便，但最近那只大猫愈来愈令人感到不愉快。

某天，云樵和老相好的妓女春风一度回到家。

“喂，和女人幽会去啦。”

他正向妻子解释晚归理由时，声音突然从天花板上传了下来。

“那女人是‘雅风楼’的丽香噢。”

甚至连妓女的名字都给说了出来。

“那女人呀，只要一吸她的右边乳房，就会变得激情万分。”

为此，云樵和妻子大吵一架。

大猫全凭自己喜怒，时而现身，时而隐形。虽然有时它也会告诉云樵在什么时刻、到什么路去会捡到钱，但还是令人极为不爽。

夜里，云樵与妻子行房时，冷不防有个声音会从天花板传到云樵背后说：

“腰不会酸啊？”

云樵家的下人们，若是说了主人坏话或偷懒一下，那只猫不知何时已经蹲在脚边。

“像云樵那样小家子气的主人，真是伤脑筋！”

它就模仿那人说坏话的口吻，把内容重复一次。

“我要去告诉云樵，扣你的薪水！”猫说。

主人和下人——两者皆不得轻松。

“给我滚出去！”

尽管云樵和妻子都如此要求。

“不走，不走。”它完全不理会。

他们只好每晚不再给它准备食物，但这么一来，厨房里总有同等量的食物一到早上就不见了。有时，云樵一大早醒过来，发现啃过的大鲤鱼被扔在床上——正是养在庭院池子里的鲤鱼。

实在没办法，只好又给它准备食物。

有天早上，它竟然说出毫无道理的话来。

“今晚，你的女人让我抱一下。”

一大早，云樵正要出勤时，那只猫突然出现在跟前，说出那样的话。

“什么？！”

“今晚，要抱你的女人。”

不觉火冒三丈的云樵立刻拔出腰间的剑，向猫砍下，并大喊：

“我女人怎可以让畜生之流的——”

当剑刃将要碰到那只猫时，它一溜烟就消失了。

“说定了。就是今晚啰。”不知从何处传来猫的声音。

无计可施之际，云樵终于找上旧识的道士商量。

“那么，今晚我就到府上去。”道士说。

“可是，道士您一来，对方立刻知道我们要干什么。搞不好，我跑来和您商量的事，它都已经知道了。我感到很不安。”

“不必担心。我家贴有特别的符咒，就算对手使出什么法术，也看不到你和我究竟在何处。”

“不过，您一到我家，不管怎样对方总会发现吧！”

“这也不必担心，我会施法后才去。这样一来，对方就不知道我是谁。在它眼里，我只是个普通人而已。”

“是这样吗？”

“是的。你可以说我是从洛阳突然来访的亲戚啊。”

“刚好我叔父就住在洛阳。”

“就这么办。”

“好。”听了这些话后，云樵安心地点头。

“只要我去的话，想必就不会有差错。不过为慎重起见，今晚不是也要给妖怪准备食物吗？”

“是的。正是如此。”

“那么，就把这东西加到食物里。”道士如此说，从怀里拿出一个小纸包。

“这是……”

“毒药。”

“毒药？！”

“无臭无味。把这混在食物里，不必等到我出现，妖怪自然就消除了。”

“您不来会让我很不安。道士您一定要来啊。”

“当然会去。”

“一切就拜托了。”

“啊！还忘记交代一件事。”

“什么事？”

“你回家后，说不定妖怪会问你，今天中午某时刻，看不到你的人影，到底跑到哪儿去了？”

“我该怎么回答呢？”云樵脸上浮现出不安的神情。

“好在这附近有一座青龙寺。你就回答曾受过寺里的和尚照顾，至今尚未答谢，觉得过意不去，所以今天前往致谢。”

“若是被问受到什么照顾，和谁见面，又该如何回答呢？”

“我想神佛之事，不至于问到这般的细节，不过还是先想好吧！”

“怎么办？”

“今年七月，德宗皇帝曾在未央宫设宴，对不对？”

“确实有。”

“那时，左右金吾卫都派人来守备，你也是其中之一，不是吗？”

“是。”

“就说当时拜托青龙寺一位义操和尚，祈求守备工作顺利圆满达成，至今尚未向他道谢，今天特地跑去致谢。”道士说。

“那么，万事拜托。”云樵边说边欠身致意。

一回到家，果然从屋顶传来那只猫的声音。

“喂，云樵！今天中午未时看不到你的人影，跑哪儿去啦？”

云樵虽吃了一惊，却不露声色，依照道士所交代的说：“因为受到青龙寺和尚的关照，觉得不去道谢未免过意不去，所以今天跑去道谢。”

“嗯。神佛之事也没办法。”猫说完，突然，又问道，“不过，受了谁的什么照顾啊？”

云樵心想还好已经事先和道士商量过，再度依照预先商洽好的答案说：“今年七月，德宗皇帝在未央宫摆宴……”

“义操吗？”猫喃喃自语，又突然严厉地问道，“俺的事也说了吗？”

哇！这没事先套好。

“没、没有。你连和我在一起的妓女的名字及癖好都知道，我想任何时候你都盯着我看，哪敢把你的事说给和尚听。”云樵冒着冷汗说。

“嗯。”

“你这样问我，是不是有时候你也无法知道我在做什么？”

“不，没那回事。俺很清楚你做了什么，只是想试试你是否诚实才问的。”猫说。

云樵暗自窃笑，心想马上要你好看。

夜里。

夫妻寝室的地毯上铺着床，一旁整整齐齐地摆着看似给人吃的食物，甚至还备有酒。

云樵的妻子已经换上白色寝衣，坐在棉被旁，等待妖怪出现。

房内点着灯火。

云樵在另一个房间，和突然来访的“叔父”道士会面，正在讲些无关痛痒的话。

云樵的妻子和叔父寒暄过后，说身体不适想先回房休息。

和云樵相对的道士额头上好像写着细小的古字。道士告诉云樵，妖怪看不到这些字。写上这些字以后，妖怪看到的道士只是一个普通人而已。

一切依计行事。

快来了。

快来了。

云樵满心期待地和道士交谈着，心不在焉地有一句没一句。

正等着，突然传来女人“啊”的一声尖叫。是云樵妻子的声音，自寝室传来。

云樵和道士赶紧往寝室跑去。寝室的门开着，二人飞奔直入。

房内充满一股异样的臭味。

“粪便？！”道士说。

不知如何从茅房拿过来的，房里到处撒满粪便。云樵的妻子则躺在当中，一动也不动。下毒的食物上、倒卧的云樵妻子身上，也都撒满粪便。这时，房内响起哈哈大笑声。

“像你这种毛头小道，能奈俺何？”天花板传来大喊声。

道士从怀里拿出不知写着什么的符咒，想贴在房内柱子上。然而，他的身体突然像被某种隐形物用力抓起来，再用力摔了出去。

道士仰卧在粪堆里，七孔流血，恐怕肛门也流血了。

半死不活的道士在地上不停呻吟。

“哇！”

云樵叫了一声，就蹲在门边，吓得身子直哆嗦。

“你到这道士的住处，还有下毒的事，俺通通知道。俺想正好趁这机会，让你瞧瞧俺的本事，才假装被骗。”

接着，似乎有只隐形的手抓住道士的头发，把道士的上半身提了起来。道士的头发往上竖起。道士的嘴巴被扳开，隐形的手抓起有毒的食物，连同食物上的粪便，塞进了道士嘴里。

道士立刻很痛苦地在地上翻滚。“呜”的一声后，道士身子就再也不动了。

此时，灯火突然全灭了，同时整个屋子咯吱咯吱地摇晃起来。

接着，屋顶传来咔嚓咔嚓声，像是锯子在锯梁柱的声音。

“哇！救命啊！都是我不好。千万不要毁掉我的屋子。”云樵拼命叫着。

整个屋子发出“轰隆轰隆”的响声。

“老婆要让我抱吗？”猫问。

“好。但是请您不要毁了我的屋子。”

“若是如此，就滚到外面去。半个时辰后再回来。”

即便拒绝，也无济于事。云樵只好向倒卧在地的妻子大喊：“原谅我吧！”

语毕，便飞奔似的往外跑。

一到外面，刚才还轰隆隆作响的屋子突然一声不响，也没再摇晃。

“到底怎么回事？”

虽然很挂念妻子，云樵仍不敢在约定的半个时辰内进去。

下人们老早就往屋外跑，甚至已经从庭院逃到了围墙外。

半个时辰过去了，云樵终于下定决心回到家里。

进屋一看，寝室门开着。全裸的妻子端坐在寝具上。她只是以冰冷的眼光盯着云樵。

“你……”云樵向妻子搭话，妻子却不作声。

抱起浑身粪便的道士一看，早已断气了。

从那夜起，妻子就不再和云樵说话，虽然依旧照料他的三餐和日常生活，但也仅止于此。

夜晚，则和云樵分房睡。

从她的房内，几乎每晚都传来妻子的娇喘声。那是妖怪在和云樵的妻子交媾。

云樵虽然满怀强烈嫉妒，却毫无办法。

妻子到底如何和妖怪交媾呢？他很在意，也很想去窥看，却因害怕而不敢做。

道士的尸体，就在庭院挖个坑埋了。还好没任何下人在家。

教他如何处置道士尸体的，也是那只猫。

“别担心。”猫说，“没人知道你去找那道士。下人们都认为，来访的是你叔父。他穿的也不是道袍，只是普通衣服。趁着现在，赶快把道士尸体埋掉，等下人们回来，就说家里发生这些事，叔父因害怕，今晚改住别人家，而后就回洛阳了。总之，事情发生在今晚，道士应该还未向任何人提起来你家的事。日后若是出了什么差错，反正你在金吾卫任职，多少总可以隐瞒过去吧。”

所以，他就听从这些话了。

他辞退家中所有下人，重新雇用了一批。

表面理由是当屋子轰隆作响、开始摇晃时，他们自顾逃命而置主人于不顾。真正理由是怕真叔父从洛阳来访时，被下人们识破，发现原来前次来访的人是假叔父。

那只猫依旧在家里走动，也经常预言。下人们也察觉到那只怪猫的存在。

“我家主人好像养了一只了不起的猫。”

虽说察觉，也仅止于此而已。

日子一天天过去，某天早上，仍在睡梦中的云樵突然不知被谁摇醒。

睁开眼睛往枕边一看，那只猫正用前足摇着云樵的额头。

“醒了吗？”猫说，“特地把你叫起来，因为今早知道了一件有趣的事，我想告诉你。”

“什么事？”云樵问。

“将要死了。”猫说。

“将要死了？”

“对。”

“谁将要死了？”云樵大吃一惊，心想：该不会在说我吧！

“安啦。不是指你。”

“谁要死了？”安下心的云樵再次问道。

“德宗。”

“什么？！”云樵提高声音。

因为猫所提到的名讳，令人不敢置信。

“唐德宗皇帝将要死了。”妖怪不改声调地说，“大概明年年初就会死了吧。”

第一章　空海说怪力乱神

【一】

洛阳，仅次于长安，是大唐帝国的第二大城。

空海和橘逸势正走在洛阳的街道之上。

供应京城长安一切粮食的正是洛阳。长安这个大都城，所需要的米粮都得先集中到洛阳来。

当然，经由洛阳运到长安的物资，不仅是米粮而已。

举凡从全国各地运来的各种货物、地方工艺品，也和米粮一样，先经过洛阳才转运到长安。

大唐帝国的许多运河，几乎都能以水路连接黄河等各大川名河。各地物资无不以船只运送，经由运河再溯黄河而上，运送到洛阳来。

然后，继续以水路船只或陆路牛马运达长安。

当时的中国，由一地运送物资到另一地，最广为利用的就是水路了，因为水路船只容易大量运送物资。

因此，大唐帝国有好几条水深流长的大运河。

来自日本国由藤原葛野麻吕所率领的遣唐使一行，从杭州到汴州约一千公里的距离，走的就是运河。

十一月三日，一行人辞别了遣唐使船漂流所至的福州。

从福州到杭州走的是陆路。从杭州起开始搭船，走的是运河。

船只时而张帆顺风而行，时而摇橹欸乃前进，时而沿着河岸由牛拉纤拖行。

中国的长江大河，都是由西向东流；大河和大河之间的运河，则是南北走向。

空海所搭乘的船只，首先从杭州顺着运河到达扬州，越过长江之后，继续沿着运河北上到达汴州。

渡海抵唐以来，最长的这段距离，走的是水路。

从汴州到洛阳，则是陆路。

若不走陆路，仍以运河前进，进入黄河地界，溯黄河北行也可以。不过，汴州经洛阳到长安有一条官道，以马车行走，速度会比较快。

藤原葛野麻吕的内心比谁都焦急。

无论如何，他希望春节之前能够抵达长安。

日本国的遣唐使团好不容易终于来到了洛阳。

空海与橘逸势，和各种货物一样，被吸卷入来自大唐帝国各地的人潮之中。人来马往，纷纷攘攘，黄土飞扬，从两人身旁呼啸而过。

逸势毫不掩饰内心的兴奋，被熙来攘往的行人及各种建筑物所吸引。在他身旁，出生于赞岐[1]的留学僧空海，则是把兴奋之情按捺在心中，优哉游哉地漫走着。

“喂，空海。你看！那就是天津桥了。”

1　今日本四国香川县。

洛阳被洛水一分为二，当逸势看到架在洛水上连接南北的大桥，以手肘碰了一下空海说道。

——原来这就是那座天津桥。

逸势的声音和表情，充满感慨。

不仅是逸势，每个赴任长安的遣唐使对于大唐帝国的相关知识都有概略的认识。

从大唐传入日本的书物，他们大致上都已看过了。

在尚未踏进洛阳之前，关于洛水及横亘其上的天津桥等知识，早已深植于脑海里了。从书本中获得的知识——异国之都的情景，此刻千真万确地呈现在自己眼前，这种兴奋之情让橘逸势几乎陷入半迷醉状态。

橘逸势——和空海同年龄的儒生。他到大唐的目的是学习儒学，渡唐至今尚未如此这般赤裸裸地表达过心中的喜悦。

对于运河的壮观及其工程之伟大，他曾几次发出惊叹之声，但都异于此欢喜之声。

逸势很少将自己心中的感情流露颜表。这逸势，现在却很直率地把兴奋给表现了出来。

“唔。”空海抿嘴微笑。

“有什么不对吗，空海？笑什么？”逸势问道。

“不。因为第一次看到你如此欢喜的模样。”

空海一说完，逸势脸上便忽然改为严肃的神情。

“不好吗？”

“不。没什么不好。”

“这是好事。”如此一说，空海径自往前走。

为了追上空海，逸势说道：

“我啊，空海，在船上时也跟你说过啦，其实，当初我不是很想来大唐的。”

“那又为何而来呢？”

“只是想来镀金而已。”逸势毫不犹豫地说。

“镀金？”

“若是能来大唐学习儒学，我讲的话就会更有分量了。”

“嗯。”

“譬如说，从大唐回去的我，若有机会向皇上进言时——”

“什么机会呢？”

“哎，到时候的情况，应该会是这样……”

逸势开始说明想象的状况。

“好吧。就假设皇上正在和他所信任的几个人无聊地闲扯好了。”

“唔。”

“此时，不经意谈到所谓的‘诚信’，自己的臣子到底有多少诚信？该如何去试探呢？”

“然后呢？”

“当然是众声喧哗，大家都会说出自己的想法。”

“嗯。”

“不过，就只有我一人默不作声。该说话的人都说过了，我依然保持沉默。皇上察觉后，就问道——逸势啊，你一直不吭声，难道就没有自己的意见吗？”

“哦。”

空海嘴角泛起笑意，仔细聆听逸势的话。

“这时候，我就说啦——恕臣冒昧奉告，依臣之见，以皇上之尊，实在不宜去试探臣子。皇上就问我为什么。”

“嗯。”

“我就继续说，我曾在大唐听过‘试三狗失三狗’的故事。”

“试三狗失三狗？”

“这是我现在创作的啦。”

“原来如此。到底是何事呢？”

“听着！空海——”逸势微笑道，“地点，就在这洛阳吧。”

在洛阳，有三个非常爱狗的男子，狗儿也很眷恋它们的主人……

逸势开始叙述。

有一次，这三个男人聚在一起，相互吹嘘自己的狗儿对自己如何如何忠实。

第一个说：

“就算没吃没喝和我关在一起，我家的狗也不会因为饥渴难耐而攻击我。”

第二个说：

“非但如此，我家的狗还会先主人而死，让主人吃自己的肉。”

第三个说：

“我家那只，一看到有人攻击我，立刻奋不顾身去撕咬袭击者。”

于是，大家决定来试一试所言是否属实。

第一个人和第二个人各自建造了一间小屋子，把自己和狗都关在小屋里。两个人不愿饿肚子，把狗丢在小屋里，自己每天都跑出去吃喝及大小便。

到了第七天，第一个人的狗饿得伸出爪牙准备攻击自己的主人。主人深感危险，毫不犹豫地拔出怀中短剑刺死了那只狗。

第二个人的狗，果真如他所说，第十一天便饿死了。

第三个人在自己的狗面前，让好友假装袭击自己。狗儿果真奋不顾身去追咬主人的好友，好友的脚被狗紧紧咬住。

主人想阻止，狗却紧咬不放。主人终于大怒，拿起棍子把狗狠狠打了一顿，狗儿才松口放开好友。

三个月后，第三个人在某次夜行时碰到贼人劫袭。同行的狗儿非但不去咬盗匪，甚至吠都不吠一声。结果，男人的钱被抢走，还被尖刀刺进胸部，受了重伤。

“再没有比这只更不中用的狗了。”

说完后，第三个人就叫家人把狗给杀了。

“结果，三个男人失去了三只狗……”

逸势模仿对皇上说话时的口气，非常严肃。

“嗯。”

“总之，就算是这种捏造的故事，从大唐归来的逸势，讲起来就是铿锵有力，不是吗？”

“所谓朝廷这种地方，确实会有这种偏见。”

“哪里？”

“朝廷啦。”空海若无其事地说。

“总之，应该可以抬高身价。不过——”逸势喃喃自语。

“不过？”

“不过，二十年实在太长了。”逸势说。

“真的太长了。”空海也同意。

不论是空海还是逸势，留学时间都得满二十年。

当时日本朝廷规定，遣唐使／僧在大唐未居留满二十年，不准回国；提前回国，重者死罪。像逸势，若是违反此规定，如果只是一辈子被贬至地方为官，都还算好的。

“其实，在我决定启程赴唐时，就开始后悔了。为何得离开自己生长的土地二十年呢？”逸势如此告白。

“不过，走在这洛阳之都，眺望对岸的天津桥之际，竟差点把那些事都忘得一干二净了。”

“唔。”

“空海，都是你说的那些话，让我又想起这些事。”

“想起之前的后悔？”

“是的。”

“对不起。”空海的语气很冷淡。

逸势早已习惯和空海如此对话。

像逸势这般有才华的人，最难忍受的是愚钝之人。

“哎啊！空海——”

在前来洛阳的途中，当船行至运河时，逸势曾对空海说过。

“最让我难以忍受的，莫过于笨蛋了。”

逸势说话方式很直接。当然，他并非在众人面前口出此言。当时他站在船舷附近，趁同行人不在跟前时，才说出此话。

遣唐使一行当中，最早发现空海具有不可思议的才能的，就是橘逸势。

空海所搭乘的遣唐使船曾在海上遭遇风暴。

当船只遭到风浪席卷，眼看就要断裂成两半时，只有一个人超然以对，那就是空海。

在海上漂流几十天，也只有空海，用水浸泡着每天只分配一小把的干粮，默默地咀嚼着。

卜者和阴阳师不断在船头作法、看方位，找寻船只应该前进的方向时，空海只是静坐船上，整天眺望蓝天和大海。

空海仿佛发呆一样，眺望着白昼的天空和云朵、夜晚的星星。风暴来袭时，空海不采取任何措施，仅是静坐着，让身体随着风浪上下摇晃。

“喂，你是和尚，此时不是应该念经吗？”逸势问空海。

“念经，可以撼动天地吗？”空海坦率回答。

“卜者的法术也罢，阴阳师的法术也罢，都难以撼动这天地。”

“那么，你的佛法可以撼动吗？” 逸势问。

“佛法也不例外。”空海依然坦率回答。

“就是说，毫无办法啰？”

“正是。”空海向逸势答道，“因为毫无办法，我只能静坐。”

“你全然不在意吗？”

“并非不在意，只是决心一切由天命安排。”

“天命？”

“就是命运。若是我有赴唐的命运，这船一定可以平安抵达。”

“若是无此命运呢？”

“船大概会沉没。”

“那一切不是都没改变吗？”

“并非如此。”

“为什么？”

“因为我觉得自己有这个天命。”

“什么？”

"你只要相信我的天命即可。"

"天命？"

"是的。原本我搭不上此船，最后却搭上了。"

空海所言，确有其事。

遣唐使船原本应该在去年夏天出发。船团从难波津[1]出航的第六天便遭到暴风雨，船只损毁，只得把出发日期延后一年。

空海说，就是因为如此，自己才能搭上这艘船的。

"因此，你相信自己有赴唐的命运吗？"

"可以这样说。"空海不假思索地说。

"不过，不管我相不相信你的天命，船可以抵达大唐，就会抵达，船不能抵达，就不会抵达，不是吗？"

"嗯。"

"信不信都是同样的结果？"

"正是。"

如此一说，逸势无言以对。

"这就是所谓的命运。只要相信，无论船沉没，还是安抵大唐，直到有结果的这段时间里，内心始终平静。"

"什么？"

"这就是佛法。"

空海如此一说，逸势内心的紧张情绪一扫而空。

两人在海上，曾有过如此对话。

从那时候起，空海这位有着四方下颚的怪和尚，让逸势感受到一股

1 大阪的古称。

奇妙的魅力。

总之，由于命运的安排，从日本出发的四艘遣唐使船只当中，空海所搭乘的第一艘船和最澄[1]所搭乘的第二艘船历尽千辛万苦终于抵达大唐。第一艘船的一行人日后才知道第二艘船已经先行抵达大唐。在此顺便一提，第三艘船遭遇大风暴而沉没，第四艘船则至今连是否沉没都不得而知。

话又说回来，空海，到底是怎样的一个男子呢?

其实，逸势也不明白。

船只在海上漂流了许多日子，好不容易才到达闽地。那是个穷乡僻壤。

当地官吏不知该如何处置从日本而来的遣唐使船，一心一意只想甩掉这个烫手山芋，一行人只得从闽地再出发，将船驶往福州。

纵使如此，在众人心灰意冷之际，空海依然气定神闲。看来，他深信自己可以安抵长安的天命。

沿着海岸南下，进入闽江口，摇橹溯闽江而上约三天之后，终于抵达福州港，但在此等待的一行人，依然过着答案遥不可及、不断地与官员交涉的日子。

漂流到闽地——赤岸镇，是八月十日。抵达福州则是十月三日。漂流至大唐已两个月了，一行人仍然在水面上摇荡。

而且，一直无法取得福州的登陆许可。

从日本带来的粮食也已告罄。虽然，在赤岸镇曾补充粮食，却不太足够。

1 平安初期的僧人，日本天台宗的开山祖。

不少人病倒了。

也有些人不但身体变得虚弱，牙龈也出血，几乎只靠水在维持生命。

只要能够吃到大量新鲜蔬菜，牙龈出血、手脚浮肿的现象应该都可以改善。可是，粮食严重不足。

虽然还不至于像地狱，不过也相去不远了。

载满一百二十人的船只行走到此，当中真正还能动弹的人，不到三分之一。

几乎全员都因身体或精神状况出问题，显得瘦弱不堪。只有空海，那双漆黑的眸子，依然露出炯炯有神的光芒。

从二十出头到三十一岁，将近十年的岁月里，空海曾遍历日本各地。其中半数的时间，都花费在所谓的“山岳修行法”上面。

因此，练就一身异于常人的强健体魄及惊人的毅力。

然而，登陆申请总是不被批准。

虽然人已在河口湿地上，但那只是形式上的，不能说是登陆了。因为船被查封，一行人只得在潮湿的沙洲上起居。

身为大使的藤原葛野麻吕，好几次呈递请愿书给福州地方长官，登陆许可书还是不下来。

地方长官好像不把那些请愿书当一回事，随手就扔掉了。恐怕是因为文笔很糟的缘故吧。

身为遣唐使，虽有一定程度的汉文能力，却不足以流畅地使用汉文交涉。

对这一行人而言，最不幸的莫过于那个可以证明自己是“国使”的印符，存放在第二艘船上的判官菅原清公那儿。

不携带国书，原本是日本遣唐使的通例。然而，这种通例对大唐地方官吏却是有理说不清。

当时的中国——大唐，是个“文章之国”，以文章评断人的高下。

藤原葛野麻吕本来就不是靠本身才能而得到官位的，他是凭借派阀力量才居于目前地位的。而“文才”这玩意儿，却非靠派阀力量可得的。

在沙洲上，连回到母船的自由都不可得的状态持续了将近二十天。

某天，橘逸势把空海叫到芦苇丛生的暗处，向空海说：

“你能不能想个办法呢，空海？”

“想什么办法？”

空海说着，微风吹过水面，穿过夏日繁茂的青草，轻轻拂过他的脸颊。

“这样下去实在不是办法呀。你应该可以解决问题的。”

此时，逸势对这个默默无闻的留学僧已深感兴趣。

从形式上抵达大唐以来，空海不必通过翻译，就能操着流利的唐语和当地人交谈。对此，逸势瞠目结舌。

空海在日本时曾学习杂驳的密宗佛法。

从大唐陆陆续续传入的密宗，几乎都是自学而成，此次正是为了求密宗正法而入唐。

空海的脑海里已经描绘出宇宙的轮廓，感觉上甚至能理解密宗的宇宙论和自己的肉体已经合而为一。

空海在日本所学的不仅是密宗，唐语也包含其中。

在日本，他拜访过不少归化人[1]，向他们学习唐语。

话虽如此，初次踏上大唐之土，能够和当地的唐人——带着浓厚乡音的乡下人——流利交谈，而不是使用长安的官话，可见他绝非泛泛之辈。

日本小岛文化中，出现具有世界水准才华的第一人，当推空海。

同一船团渡唐的最澄，在日本，年轻时代其才能就已备受肯定，但这个最澄，在入唐之际，还得备有专用翻译——由此一并考量，空海理应被大书一番，此处也可窥见其才华之片鳞。

此外，空海不仅自学而成，渡唐的费用也是自行筹措。这和由国家出钱的最澄截然不同。

从不同角度来看，当时默默无闻的空海是排解众多困难才得以渡唐的。不过，空海具有排解一切艰难险阻的才能也是事实。

总之，逸势把空海给叫了出来。

“嗯。”空海点头，含糊其词地说，“也不是没有办法。”

“你的笔力之雄健，我很清楚。文章方面，自不在话下。”逸势说。

船旅无聊之际，空海和逸势好几回模仿大唐文人，兴之所至地在船上写些以汉诗、汉文唱和的文章。

那些诗文，让自信才高八斗的逸势也不得不甘拜下风。

“那种庸官俗吏的文章，送上一百篇、两百篇也不会有回音。”逸势悄声道。

所谓的庸官俗吏，指的是藤原葛野麻吕。

1　当时称国籍归化为日本的韩国人或中国人为“归化人”。

逸势对毫无才能、只能靠着门阀庇荫而得到官位的人似乎不抱好感。

“请愿书由你来写，如何？”逸势说。

“说得也是，其实，我也想过。”空海迎风回答，“只是，若我先说出来，恐怕有点问题。”

“什么问题？”

“不过，看样子那问题现在也解决了。”

“你在说些什么啊，空海？”

“逸势啊，对你，我才说。我的文笔和文章，确实比那人好。但是，我若说出口，那个男人就失去自信了。这就如同挑明说‘你实在不行啊’。”

“若是你早些告诉我，我总可以想出个法子……”

话一说出口，逸势好像察觉什么似的戛然而止，看着空海。

“是吗？原来你也在意我。”逸势说。

如同空海无法对葛野麻吕说由自己来写请愿书，逸势也无法对葛野麻吕建议让空海写请愿书。而空海更无法对逸势说由自己来写请愿书。空海考虑到，如此一来也等于伤到了逸势的自尊心。

因为，逸势对自己的文采相当自负。所以，逸势才对空海说“原来你也在意我”。

“原来如此。你刚刚说，问题已解决了，指的是此问题？”

换句话说，不是空海自己先说出，而是他人，且是逸势主动请空海写请愿书，所以问题解决了。当逸势对空海如此说时，问题便已解决了。

“空海，虽然有点不甘心，但我的文章确实不如你啊。”逸势坦率地说道。

有所谓“三笔”之说。

这是日本书道史上，对书法俊秀的三个人——空海、橘逸势、嵯峨天皇的称呼。这三个人都出生在平安朝[1]初期，属同一时代的人。

然而，三人当中，无论笔势、技巧、品格还是文章，空海更胜另外两人一筹。

不仅是文章，书法方面空海也比自己更出色呢——这位才子逸势是否真的如此认为？以逸势的个性，就算不是书法而是文章，“你比我出色”这种话是否真说得出口呢？

逸势果真说了。

“你啊！真是不可思议啊！”

己不如人的话说出口之后，逸势突然又对空海如此说道。

“有何不可思议呢？”

“我这个人是不随便对人家说‘你比我还优秀’的，特别是在书法和文章方面。”

“唔。”

“现在一不留神却说出口，说出口后才发觉，发觉后又向你坦白说我所发觉的事。所以，我认为你是一个不可思议的人。”

“嗯。”空海的回答有如空气。

“空海啊！那你愿意写啰。”逸势说。

“写啊！”

“我去对那个男人说。”

1　平安朝指日本历史上，约七九四年桓武天皇迁都平安京后四百年之间的这个时代，约相当于中国唐、宋两朝。

逸势对藤原葛野麻吕的称呼，已变成“那个男人”了。

“是吗？就这般说好了……”空海微笑道。

“要怎么说呢？”

“我——这里所说的我，就是你，逸势！”

“哦。”

“依我看来，我们当中有一个叫空海的和尚，文笔还说得过去……”

“嗯。”

“我看他不必通过翻译，就能和本地人交谈，这事阁下您一定也看到了。对啦，像请愿书那样的事，何必一定要阁下亲自动笔呢？”

“为什么不下令叫空海写？”逸势接下空海想说的话。

空海又继续说：

“这样好了。我替阁下传令，把他叫到这里来，命令他写就可以了。”

空海说完，和逸势相视而笑。

事情果真如此进行。

空海带着笔、砚、墨和木板，独自一人走进沙洲里高大繁茂的夏草之中。

没多久，空海就从夏草丛中走了出来。

那时，逸势和葛野麻吕还在猜想：他是否已经动笔了呢？

手持早已书成的请愿书，空海笑容满面地站立在风中。

“就是这样啰。”空海说。

流传千古的名文。

贺能启。高山澹然，禽兽不告劳而投归；深水不言，鱼龙不惮倦而逐赴。故能西羌梯险，贡垂衣君；南裔航深，献刑厝帝。

这段文章，即是请愿书的起始。

所谓“贺能”，指的是葛野麻吕。

译成白话文，其意就是——

高山虽然静默，鸟兽为仰慕山之高而来聚集；深水虽然不言不语，鱼和龙仰慕水之深而群聚。与此同理，西羌越险阻之山，聚在德君之下；南蛮渡深水，来到不用刑罚的名君之下。

空海首先点出大唐国的文明如此优越，以这华丽耀眼、格调出众的文字进入主题。

这是空海众多文章中文笔卓越、格调特殊的名篇之一。

轻快的笔调，带着洒脱的文辞，至今仍留下如乐音般的跫音。

接下去：

诚是，明知艰难之亡身，然犹忘命德化之远及者也。

伏惟大唐圣朝，霜露攸均，皇王宜家。明王继武，圣帝重兴。掩顿九野，牢笼八纮。是以我日本国常见风雨和顺，定知中国有圣，刳巨抡于苍岭，摘皇华于丹墀。执蓬莱琛，献崑丘玉。起昔迄今，相续不绝。

故今我国王顾先祖之贻谋，慕今帝之德化，谨差太政官右大辨正三品兼行越前国太守藤原朝臣贺能等，充使奉献国信别贡等物。贺能等忘身衔命，冒死入海。既辞本涯，比及中途，暴雨穿帆，戕风折柁。高波沃汉，短舟裔裔。飘风朝扇，摧肝耽罗之狼心；北气夕发，失胆留求之虎性。频蹙猛风，待葬鳖口；攒眉惊汰，占宅鲸腹。随波升沈，任风南北。但见天水之碧色，岂视山谷之白雾。掣掣波上，二月有余。水尽人疲，海长路远。飞虚脱翼，泳水杀鳍，何足为喻哉？

仅八月初日，乍见云峰，欣悦罔极。过赤子之得母，越旱苗之遇霖。贺能等万冒死波，再见生日。是则圣德之所致也，非我力之所能也。

又大唐之遇日本也，虽云八狄云会，膝步高台；七戎雾合，稽颡魏阙。而于我国使也，殊私曲成，待以上客。面对龙颜，自承鸾纶；佳问荣宠，已过望外与。夫琐琐诸蕃岂同日可论乎？又竹符铜契本备奸诈。世淳。人质文契何用？是故，我国淳朴已降，常事好邻。所献信物，不用印书；所遣使人，无有奸伪。相袭成风，于今无尽。加以使乎之人，必择腹心。任以腹心，何更用契？载籍所传，东方有国，其人悫直礼义之卿，君子之国。盖为此欤。

然今州使责以文书，疑彼腹心。捡括船上，计数公私。斯乃理合法令，事得道理。官吏之道，实是可然。虽然，远人乍到，触途多忧。海中之愁，犹委胸臆。德酒之味，未饱心腹。率然禁制，手足无厝。又建中以往，入朝使船，直着杨苏，无漂荡之苦。州县诸司，慰劳殷勤。左右任使，不捡船物。今则事与昔异，遇将望疏。底下愚人，窃怀惊恨。

伏愿垂柔远之惠，顾好邻之义。纵其习俗，不怪常风。然则涓涓百蛮，与流水而朝宗舜海；喁喁万服，将葵藿以引领尧日。顺风之人，甘心逼凑；逐腥之蚁，悦意骈罗。今不任常习之小愿。奉启不宣。谨言。

“嗯、嗯。”

出声赞叹的，不仅逸势，连葛野麻吕也连连叫好。

名家空海所留下的所有文章中，这篇请愿书特别绽放出璀璨的光芒。

能够写出如此文章者，大唐之中又有几人？才华横溢的词藻里，论旨明确，格调高超。仿佛用耳朵就可以从文章里听到空海书写此文时的呼吸声。

当空海所写的请愿书送达后，竟有如做梦般，一切事情开始顺利起来了。

空海这篇文章，让福州官员刮目相看，也导致一行人所受的待遇不可同日而语。

“你好像施了什么法术一样。”

在运河船上，逸势对空海如此说。

总是逸势在开口说话，空海几乎都是默然点头。

“在看什么呢？”逸势问。

“运河。”空海简短回答。

"看来很有趣吗？"

"有趣。"

"如何有趣呢？"

"雄伟。"

"雄伟？"

"原来如此。人的力量竟可以至此。"空海的声音充满感慨。

"指这水路吗？"

"是的。"

眼前这巨大的人工运河，空海和逸势都是第一次见到。这运河建造于隋炀帝时代。

数百万的农民被迫挖掘水路，连接黄河和长江那令人咂舌的距离。

运河竣工后，炀帝命人在扬州和洛阳之间行驶龙船，几度在船内酒池肉林，豪宴取乐。有人说，隋朝就是因此灭亡的。

在运河上，空海千思万想，随着脑海中浮现的思绪而不断赞叹、感喟着。

话再说回到洛阳街头吧。

"大唐真是不错！"

逸势漫步在杂沓的洛阳街上，走着走着便发出如此赞赏。

哦——

每当自己曾在书本上读到的街道及情景出现在眼前时，逸势就会忍不住低声呢喃——在什么什么书上所记载的，不就是这个吗？

逸势具备不少这类让人大为惊叹的知识。然而，不知是否因为是儒生的缘故，逸势的知识和兴趣稍稍有失偏颇。

逸势对于事实或现实的现象和知识比对哲学性的思考更感兴趣。

原本，儒家就是“不语怪力乱神”。

换成现代的说法，就是不谈论幽浮、幽灵等超能力之类的事物。

这是比空海更早千年、儒家的开山鼻祖孔子所说的话，可见中国这个国家有多深奥。

逸势曾为试探空海的知识，问他《淮南子》记载的这个那个，难不成就是这回事吧！

对于这些问题，空海几乎不假思索就回答出来了。

“难道没有你不知道的事情吗？”

逸势从和空海的谈话中发觉，不仅唐书，好像连情色类的杂书，空海也都读过。

偶尔，一碰到空海不知道的事情，逸势就会欣喜地说道：

“安心了。原来空海也有不知道的事情啊。”

逸势早已察觉，连自己最拿手的儒学，这出家人也具有比自己更深奥的知识。

空海原本和逸势一样，是名儒生。十八岁时，进入大学学习儒学。从十五岁跟随叔父阿刀大足算起，到入大学当了两年儒生的时间里，以空海的天纵之才，早已把儒家的精髓尽数吸收。

空海二十出头时，就与儒学诀别。

当时还名为“真鱼”的空海，以二十四岁的弱冠之年，写下了《三教指归》全三卷。

《三教指归》采用戏曲的叙述手法，比较儒家、道教、佛教三家的学说思想，文体则是六朝风尚的华丽骈文。

这是日本最早的比较思想小说。

在《三教指归》中，真鱼——年轻时的空海，将佛教置于比儒家、道教更高的地位。

换言之，这是他和儒家诀别之书。

在这本著作中，空海巧妙地从《文选》《礼记》等诸多汉籍中引经据典。此时的空海，可以说已精深钻研过汉籍了。

然而，空海何以舍弃儒家呢?

理由非常明确。

就思想性、现实性、感情性、肉体性来说，答案不一，不过，追根究底，真正的理由应该汇集在这句话中："儒家无法解答宇宙和生命的问题。"

这应该就是空海舍弃儒教的原因吧。

所谓儒教，说到底，不过是凡夫俗子为人处世之道罢了。学习此道，或许可以获得俗世高官厚禄，但终归只是如此而已。

儒教和道教当然是有所差异的，但即便是道教，在"无法解答宇宙和生命"这一问题上，也和儒教一样。

不过，信步于洛阳街头的逸势，自是无法知晓空海的《三教指归》。对于这个唐语如唐人般流利、学识渊博、与自己同龄的男人的才能，他只觉得非常"不可思议"。

不知不觉，二人走进了南市一隅，也就是市场。

文武百市鳞次栉比，有人直接把肉摊和菜摊摆在路上，有卖丝绸的，也有卖活生生的鸡、马、牛的。

"好热闹啊。"空海喃喃自语。

人潮及喧嚣声如旋涡般笼罩着空海和逸势。

走着走着，"哦"的一声，逸势叫了出来。

前方一棵大柳树下，围拢着一群人。

“江湖卖艺的吧？”

逸势一眼看出是江湖卖艺的。

拨开人群，处身于观众中，只见有个穿黑衣的男子站在柳树下，不知正在说些什么。

那是一个留着白胡须、有一双细长眼睛的老人，右手拿着拐杖。

“到底说些什么啊？”逸势问。

逸势几乎听不懂当地的唐语，只知道看似在卖什么东西。不过，到底在卖什么？

老人四周，看不到像是要叫卖的物品。一旁只有个大桶，桶很深，但看不出里面摆了些什么。

然而，桶沿摆了个像柄勺的东西，让人联想到，里面或许盛着水吧。

“他说要不要买西瓜。”空海把老人的话翻译给逸势听。

“瓜果？根本没看到啊，难道放在那桶里吗？”逸势问。

“别急……”空海愉快地眯起眼睛。

老人所说的话，空海毫无困难就能理解。

“咦，有人吗？都没人要买西瓜吗？”老人说。

空海边看边把情形说给逸势听。

“好吧，”有人大喊，“我来买！”

那人看似生意人，应该是到南市做买卖，顺路走入人群的。

“请问要几个？”老人问。

“两个。”商人答。

“好！”

黑衣老人夸张地点点头，左手伸入怀里，取出某物，是个小东西。

老人用左手食指和拇指捏住那东西，原来是个黑颗粒。

“好像是瓜果种子。”空海对逸势说。

老人用右手中的拐杖开始挖掘脚下的泥土。

“把瓜子撒在这里，立刻就会结成瓜果。立刻结瓜！”

说着，就撒下西瓜子。

“立刻结瓜。立刻结瓜。”

老人边说边用拐杖掩土覆盖种子。

“结瓜。结瓜。”

老人把拐杖换到左手，右手握住柄勺把子，舀起桶子里的水，开始把水洒在埋着种子的泥土上。

“立刻冒芽。立刻冒芽。”老人唱歌般地低声道。

“哇啊——”空海身旁的逸势惊叫出来。

同样的赞叹声也从群众当中传出来。

“冒芽了！空海。”逸势道。

从还湿润的泥土当中，冒出一个小小的头来。那是植物的绿色嫩芽。

空海边对逸势点头，边带着微笑注视着那个老人。

“方士吧？”空海低声自语。

对话当中，嫩芽渐渐长高。

“快长大哟快长大。快快长高——”老人说道。

“长出芽来。”

果然长出芽来。

“看吧！开花了。是两朵呀。”

开出两朵小小的花。

那花立刻凋谢，眼看着花蒂的部分慢慢鼓起来。

“快呀！再大些。”

果然，长得更大了。

已经看得出瓜果的形状了。

“植瓜术吧？”

不愧是逸势，好像知道这种法术。

当时传入日本的大量汉籍中，有些地方记载着“植瓜术”的名称。

“第一次看到。”逸势自言自语。

两个鼓起的东西，一直长为成熟的大西瓜。

老人随手摘下两个西瓜，交给那个像做买卖的男人。

黑衣老人从男人手中接过钱后，瓜藤、瓜叶立刻消失得无影无踪。

不过，男人手中的西瓜却未消失。瞬间，欢声雷动。

“太厉害了。空海。”

“哦。”

“咦，你好像不为所动啊。”

“不，大为吃惊。了不起的法术。”

二人说着说着，又有买者出现。

还是照着方才的方法，依序进行。

“不过，买了那西瓜，应该不会消失吧！”逸势一本正经地说。

“亏你还是个儒者……”空海微笑道。

“不语怪力乱神。”空海引用《论语》的话，讥笑逸势。

“西瓜不会消失。”空海说道。

“为什么？”

“因为西瓜是实物。”

“什么！难道其他的都不是实物吗？”

“冒出芽啦，芽长大啦，那都是幻术。”空海小声道。

因为用的是日语，才能如此交谈。

“那是被言语所蛊惑了，大家都中了那些话的法术了。所以，老人说芽冒出来，大家就真以为芽冒出来了；说长出叶子，大家就真以为叶子长出来了。”

“可是，我听不懂唐语啊。”

“那是因为我把老人的话讲给你听了。我若不在，你或许就可以看到真相了。”

“那，现在这次，你并没有把老人的话讲给我听，我还是看到冒芽、长出西瓜啊！”

“因为中过一次法术后，你的脑海里已经记得这些了。”

话说完，空海突然闭口不语。

“怎么了？”逸势问。

“所谓知识，委实恐怖。”空海喃喃自语。

“什么！”

“知识可以使人明理，相反，也可以让人盲目。若不懂唐语，就不会中术。不知道撒种、萌芽、开花、结果这些道理，也不会中术。”

“可是，你听得懂，却不会中术啊！”

“不。我不是说我自己。”

“你说的是我？”逸势有些火大。

“不。不是说我，也不是说你。”

“……”

“我说的是有关‘人’跟‘知识’的事情。”

此时，欢声再度雷动。

黑衣老人——也可称为方士，又把结成的西瓜交给买者。

“还有人想要吗？”方士道。

“好啊！买了。”逸势以日语大喊。

“哪一位？”方士嘟囔着。

“替我说要买两个。”逸势以手肘碰了一下空海侧腹。

空海苦笑，以唐语说：“请给两个。”

群众的视线全部集中在两人身上。

空海和逸势前面的人很自然地让开了，两人仿佛被揪了出来般被挤向前。

“听好，在你眼里的真相到底如何，你边看边低声说给我听吧。”逸势说。

“不过……”

“这里是大唐国。若是日语，人家就听不懂了。”

话说完后，空海和逸势站在围成圈圈的人群之前。

两人站在该地，好似和那方士对峙着。

那是一位皮肤黝黑、看不出年龄的老人。

看来似乎已经年过七十了，但应该还不到九十。不过，七十到九十之间，到底多少岁？看不出来。

单就眼睛周围的皱纹看来，应该有一定的年岁，可是那男人全身散发出一股气势，显得神采奕奕，看起来更年轻。

方士以细细的眼睛注视空海一会儿后，把手伸进怀里。

空海并不说明。

因为，方士的动作还是和刚才一样。

“他取出瓜果，放到怀里了。”

空海低声说道。方士正拿起柄勺的把子，把身子探进桶内。

“哦。”逸势低声叫出。

果然如空海所说，逸势看到了方士一边舀水，一边从桶内拿起瓜果，火速放进自己的怀里。连着两个都放进怀里了。

现在，逸势看到方士的怀里鼓得大大的。

“冒出芽来。”方士说。

“不冒芽。”空海低声呢喃。

“长出叶子来。”方士道。

“不长叶子。”空海说。

“开花。”

“不开花。”

“结果。”

“不结。”

“大起来。”

“不会大。”

空海故意盖过老人的话语，低声逐次告诉逸势。

“他从怀里拿出瓜果了。”

空海语毕，逸势果然看到老人嘴里说摘下瓜果，其实是从怀里拿出两个瓜果来。

欢呼声再度扬起。

空海站出来接过瓜果，并打算付钱。

“不，不用。”方士摇摇手，不收钱。

“为什么？”

“我不是卖瓜果，是卖法术。”方士说道，“因为你没中术，所以不能收钱。”

“您知道我没中术？”

“嗯。”

“失礼了。”空海低头告罪。

“不，不。”方士摇手说，“两位看似不是唐人吧？”

“不是。”空海回道。

“从何处来的？”

“倭国来的。”

空海原来已把“日本国”说到嘴边了，又改口成“倭国”。

那时候，“倭国”的称呼比“日本国”更普遍。

这件事，空海在旅途之中已经明白了。

“哇，”方士提高声调，“真是遥远的地方啊。”

空海和方士的交谈，当然是用唐语。

站在旁边的逸势不知两人在讲些什么，脸上充满好奇。不过，不愧是逸势，他并没有从旁硬加入两人的交谈。

“来此已经很久了吧？”

“不。才到不久。”

“以前来大唐游玩过？”

以前是否来过大唐呢？这是方士问空海的本意。

“这是第一次。”

空海话一说完，方士便“啊”地发出赞叹声，说：

“虽然如此，唐语竟是这般流利。”

“哦。”

“因何事来大唐呢？”

“以留学僧身份，来此学密……”

“密”，就是“密宗”。

“来盗取吗？”语毕，方士微笑。

“盗取？”

“这张脸不像是来学习，而像是来盗取密法的脸。”

“嗯。”

空海点点头，方士紧盯空海，仔细端详。

“倭国的人，都像您这般吗？”

“有形形色色的人。”

“形形色色啊？倭国的人若都像您这般，那就太了不起了。”

“何故？”

“不仅是密宗，整个大唐都要被盗光啦。”老人爽朗大笑道。

空海也跟着笑了起来。

“那么——”

尚未说出“要往何处呢”，空海抢在方士前回答。

“赴长安。”

“长安吗？”方士自语，再度望向空海，问道，“能够请教大名吗？”

“空海。”

空海报上名号后，又以唐语把旁边逸势的名字告诉方士。

“在下丹翁。”方士说。

“表字吗？”

“嗯。”方士点头，又问，“空海，不知您在长安逗留多久？”

“大概得二十年。”空海说毕，再加上一句，“大概吧。”

“那么，改天到长安喝一杯吧！”

“您也要前往长安？”

“是。”方士丹翁说毕，又微笑着。

“那么，就不在此打扰太久。”空海颔首。

想把拿在手里的两个瓜果归还丹翁。

“没理由收您这东西。”

“拿去吧！空海。能够看破丹翁法术者，在大唐之中恐怕难得一见吧！知道我名号的人，如果因此而收下丹翁的瓜果，那么，就算是相互厮杀的对手，也会立刻成为十年以上的知音。”

“那就恭敬不如从命了。”空海说毕，再度欠身。

相互告辞后，对着走入人潮的空海的背后，丹翁喊道：

“空海。若要求取密法，可以去拜见长安青龙寺的惠果师父。”

空海回头，再度鞠躬行礼。

“太厉害了。空海，真如你所说的。”

走出人群后，逸势兴奋地说。

空海和逸势手里各捧着一个瓜果。

二人的周围，车马喧腾，小贩叫卖声此起彼伏。

“空海，赶紧告诉我。”逸势说。

“告诉你什么？”

“方才的事。你和那老人到底讲些什么？”逸势迫不及待地问。

“谈了很多。”空海微笑。

低声回应后，空海就把方才和那名唤丹翁的方士所谈的事一五一十讲给逸势听。

话一说完，空海突然闻到一股腥味。

一股血腥味。

稍一留意，才发现迎面而来的人都以怪异的眼神注视着空海和逸势。

空海感觉两手湿湿的。他以为或许瓜果破了，流出汁来了。

“啊！”空海低叫一声，停住了脚步。

“怎么啦，空海？”逸势也停住脚步问。

“你看！”空海说。

空海站在原地，紧盯着抱住瓜果的双手看。

“怎么啦——”

话刚出口的逸势终于惊觉。

“哇！”

叫声一出，逸势赶紧甩掉手上的东西。

瓜果落到地上，发出重重的声响。

地面上染成一片血红。

一颗鲜血淋漓的狗头滚落到地面上。

空海和逸势自以为抱的是瓜果的东西，原来是看似刚被砍下来的狗头。

“中了幻术——”空海喃喃自语。

一开始，丹翁就知道空海已经看破自己的技法。

因为，空海知道丹翁从桶内取出瓜果。

于是，方士将计就计。

他利用了空海认为从桶里拿出来的必定是瓜果这个盲点。

知识真是恐怖啊！自己不是才刚刚说过吗？

空海心中暗暗自忖。

“不愧是大唐国。”空海又喃喃自语，“那是个我所不及的人。”

大唐真是广阔。

空海如此一想，突然觉得很开心。

有趣。

空海放声大笑。

“怎么啦，空海？”

逸势对他说话，他依然止不住笑声。

空海就这样抱着一颗血淋淋的狗头，开心地大笑。

【二】

“啊——”

有位年约七十、白发白髯的老翁从屋内走出来，向大家打招呼。这时大伙用餐完毕，正要各自回房休息。

“我听说你们当中有一位天赋异禀的和尚……”老人环视大伙儿后，如此问道。

翻译话一说完，半数以上的人都把视线集中在角落那个男人身上。只有那个男人还在吃饭。

每个人都疲倦极了。

一整天，坐在马车里硬邦邦的椅子上摇摇晃晃。

从水路转成陆路的汴州算起，这已经是第六天了。

那是被车轮辗得凹凸不平的道路，臀部就这样碰来碰去。

当时的车轮是木制的，当然没有弹簧。

地面上的震动，从臀部传到背脊而震到头盖骨里去。这可不是在牛车上慢条斯理前进的一天，而是在马车上疾飙如电的一天。

连假寐一下都不成，因为身体左摇右晃。

若稍稍打个盹，脑袋便立刻会撞到撑持车顶的支柱。

因此，一行人已经养成一用完餐就立刻去睡觉的习惯。

说到用餐，那也是异国风味。异国所产的食料，以异国方法烹饪、调理出的菜色。一切都和日本不一样。

疲惫的身体很难适应异国的饮食风味。

能够吃掉一半的还算状况好，多数人都剩下一大堆。

这一行人几乎都在拉肚子，个个都有拉肚子的经验。

只有一个人例外。那个例外的人，还在进食当中。

他，就是空海。

在这个异国他乡里，只有空海好像很能自得其乐。

对于至今几乎都在山岳修行及旅途中的空海而言，摇晃的马车、异国的食物，完全不成问题。

就像马儿般啃食。自己的碗盘空了，甚至还伸手到别人的碗盘上拿。现在，空海正在吃的，就是邻座橘逸势吃剩的食物。蔬菜、猪肉和木耳，用大量辣椒和好几种辛料的香汁去熬煮的菜肴。

好辣啊！

除了空海外，所有人对于这种辛辣，连一口也吃不下去。

空海正在狼吞虎咽。

真是痛快的吃相。一样接一样的食物消失在空海的嘴里，落进了他的肚子。

所有人的视线全部集中在空海的身上。

一行二十三人当中，只有空海一人是僧侣。

虽然头发有些长了，也只有空海一人是僧侣装扮。

用不着特地询问，老人所说的“和尚”，谁都知道就是空海。

之所以特地询问，是对从日本而来的遣唐使一行人的礼貌性尊重。

“喂，好像是指你哦。”坐在旁边的橘逸势以手肘碰了一下空海。

其实，就算不说，空海也知道老人在说什么。

只是，老人会用“天赋异禀的和尚”称呼自己，倒是料想不到。

“就是今天在天津桥旁，一眼就看穿道士幻术的那位和尚。”老人说。

当老人刚说毕，空海抬起头。

“若是那样的话，就是我了。”空海一边咀嚼，一边以流利的唐语回答。

虽然还吃着东西，但他态度爽朗，不会让人感觉不快。

“失礼了。我还以为你已经用餐完毕了。”老人说。

“没关系。”空海以出色的唐语回道。

说得比翻译的唐语还要流利。

“您真的是倭人吗？”老人问。

这位日本留学僧操着一口比唐人发音还正确的唐语，老人好似已经全然为之倾倒。

“留学僧空海。”

空海报上名字后，老人也把自己的名字告诉空海。

“老朽孙岳梁，是这客栈的掌柜，有一事相求。”

这些谈话，翻译都翻译给众人听。

“不知何事？”空海问道。

“事情是这样的：从五天前起，客栈厨房出现异象。请您无论如何要帮忙——”

这一行人的代表藤原葛野麻吕，事先已经拜见过这位客栈老掌柜。

最近，他经常卧病在床。当一行人抵达洛阳时，由于老人——孙岳梁卧病在床，葛野麻吕独自一人前往老人的病榻。

“我可以吗？”

“当然可以。今日发生之事，我已略有耳闻。我相信不为幻术所惑的您，一定会答应我所相求之事。”

空海以试探的视线望向藤原葛野麻吕。

他以视线在询问葛野麻吕，是否可以接受老人的要求。

“能力所及，尽管协助他吧。”葛野麻吕以日语答道。

“若有我可以尽力之处——”空海说。

“在您旅途疲惫之时来打扰您，真是万分抱歉。首先请听我把话说完。”

老人孙岳梁环视大家一下后，注视着空海。

然后，开始说道：

“其实，这屋子旁边有一间厨房。奇怪的事情，就出现在那里。”

最初出现，是在四天前的晚上。

晚餐后，这里的厨子利用灶火烤栗子时，从灶旁墙壁上的窗子外，发出了一种奇怪的声音。

仔细一看，从那窗子往屋内伸出一只手来。

满是皱纹，像是历经岁月的老人的手。

那只手的手掌往上，上下微微摇动。

“给我！给我！”怪手如此说。

厨子惊吓之余，发现那只手更往里面伸，也更靠近自己。

“给我！给我！”怪手又说。

因此，厨子把烤好的栗子放在那只手掌上，手迅速缩了回去，声音也没有了。

厨子松了口气，没想到翌日晚上……

“又出现了吗？”空海问。

“是的，又出现了！”老人回道。

第二天晚上，也是厨子利用余火在烤栗子时出现的。

这个厨子很爱吃栗子，很喜欢在工作完了以后自己烤栗子吃。

正当栗子快烤好时，窗子那儿又有动静了。

抬头一看，和昨晚一样，从那里又伸进一只手来。

“给我！给我！”那手上下舞动着。

厨子将栗子放在那只手掌上，满是皱纹的那只手立刻消失在窗外的夜色中。

“如此，已经连续四天了。”老人说，“今天是第五天。”

“今日那只手已经出现了吗？”空海问道。

“还没呢。每次都是晚餐后，工作收拾好，厨子开始烤栗子时才出现——”

“那么，可否请您吩咐厨子，今晚也依照平日作息？”

“没问题……”

“我要到现场，用自己的眼睛瞧瞧那奇怪的事情。至于该如何处置，那是后话。”

听空海如此说，老人欠身行礼回道：

“明白了。”又说，“那么，等这儿收拾好了，厨子准备妥当之后，再请您移驾——”

“如此说定。”

“如此说定。”

于是，老人谦恭地向一行人鞠躬行礼后，告辞回房去了。

经过翻译转达，大伙也都明白事情原委了。

所有人都以充满好奇的神情注视着空海。

“有法子吗，空海？”

橘逸势掩不住兴奋的声音说道。

“如何？”

藤原葛野麻吕也问空海。

“船到桥头自然直。”空海只露出微笑，爽朗地回答。

【三】

此处便是出事的厨房。

这里隔成了土间[1]和板间[2]两部分。空海和另外四个男人坐在板间里。

四个男人当中的两位，就是和空海同为遣唐使的橘逸势和藤原葛野麻吕。另外两人则是这家客栈的孙岳梁和厨子。

这个从异国来的僧人空海将如何处置从窗外伸进来的怪手呢？想目睹这一幕的人还真不少。然而，再怎么怪异的现象，哦，不，正因为怪

1 地上没有铺木板的房间。

2 地上铺有木板的房间。

异，所以人少比人多好办事，结果只有连空海在内的五个人聚集在厨房里。

炉灶安置在土间。

灶子紧靠砖头砌成的墙，旁边的上方——那扇出问题的窗子，在约莫人头高处。

“就是那扇窗子吗？”空海望向窗户问。

“是的。”厨子回答。

厨子五十来岁，鼻子下方蓄着短髭。

“何时开始烤栗子呢？”

“快了。把工作大略收拾好以后——”

“那么，和平时一样开始吧！就当作我们不在这里。”

空海一说完，孙岳梁点点蓄着白胡子的下颚。

“开始吧，不必在意我们——”

“那么——”

回答完这句话后，厨子走到土间，来到炉灶前，随手拾起附近地面上的一块木头，摆在灶前坐了下来。

从斜后方看过去，只见厨子往前弯曲的背部。

厨子的脚边，看得见灶里的火。

火，已经没有火焰了。

灶子里头，只见闪着红光的炭火。

厨子从怀里抓出一把栗子，丢进炭火前的灰烬中。

谁也不说话。

过了一会儿，从灶子飘来烤栗子的香味。

啵！

一颗栗子裂开了。

厨子拿着木棒伸进灶里，把烤好的栗子一颗、两颗地从灰烬中挖出来，往灶外丢去。

再把栗子搁在手里，用指甲剥皮。

手掌看起来强而有力。

于是，开始吃起来了。

就这样，吃了三四颗的时候……

“喂！空海——出现了。”橘逸势低声道。

真的出现了。

从那扇窗子，一只白白细细的手正往屋内伸。

就算逸势不说，此时所有人也正同时注视着那场面。

手指头先从窗子钻进来，游泳般慢慢地摇动手掌。

从手掌到手腕的部分，细长得让人吃惊。

那只手，好似在乞求什么般上下摇动着。

“给我！给我……”手如此说。

既像女人的声音，又像小孩的声音，也像大人的声音，是那种听不出性别和年龄的声音。

厨子看着空海。

空海无言地点点头。

厨子把拿在手上的栗子放在那只细白的手上。

一握住栗子，那只手就像出现时一般快速地缩回窗外——消失了。

手消失之后，沉默了好一会儿，“呼”的一声，不知是谁发出叹息声。

“您都看到了吗？”孙岳梁问。

“是。”空海点点头。

“哇，传说的事情就发生在眼前。”

逸势忍不住兴奋地说道。

“噢……”

藤原葛野麻吕只发出低声呻吟。

厨子可能因此喉咙都干了，从放置在土间角落的大水缸里舀起一勺水喝了下去。

“事情就如您所看到的。”

厨子一边用右手背擦了一下湿答答的嘴唇，一边说道。

“刚刚所发生的事，在这四天里，每晚都发生，对不对？”空海说。

“连今晚算进去，已经是第五天了。”厨子答道。

“昨晚，那只手消失后，我派个胆大的人到屋外查看，结果什么也没看到。虽然不是特别可怕，也好像没什么恶意，但还是觉得心里毛毛的。”孙岳梁说。

“外面好像有个后院。”

“对。后院对面就是围墙，整个客栈都由围墙围着，只要有心的话，翻过围墙就可以自由进出，因此手一消失后，我立刻派人从后门出去，有人想翻越围墙到外面，应该可以马上看到……”

“说得也是。”

“但是，树荫下、屋子阴暗处等有可能藏人的地方都搜过了，没有发现任何奇怪的东西。”

孙岳梁注视着空海说道：“您觉得如何呢？”

“您让我看到非常有趣的事。”空海始终微笑着。

“有趣？”

“对。就是令人觉得趣味盎然的意思。不过，我是否可以请教各位几个问题呢？”空海说。

“知无不言。”孙岳梁望着空海回道。

“包括我们吗？”

还不习惯唐语的橘逸势，通过葛野麻吕的翻译，才完全明白空海所说的话，然后如此问道。

“是的。”

空海以唐语回答。这种程度的会话，不必通过翻译，逸势也能懂。

“那么——”空海环视众人说，“方才，大家都看到伸进窗内的那只手了，可否讲些关于那只手的事给我听呢？”

“可以。”

“岳梁先生，不知您看到那只手的感觉如何？”

“您的意思是——”

“那只是右手呢还是左手？”空海问。

“这……”岳梁一时之间竟答不出来。

右手还是左手？明明知道答案，突然却又弄不清楚到底是左右哪只手了。

“应该是右手。”岳梁回答。

“我觉得是左手。”厨子答道。

“不是左手吧？”

“应该是右手。”

葛野麻吕、橘逸势接连回答。

“哈哈哈哈。”

听完四个人的话，空海开心地说道：

“同样一只手，到底是右手还是左手？意见竟也如此分歧。”

“你看到的呢，空海？”逸势问。

“一说开，事情就结束了。”

“空海！这么说你已经知道那是什么东西喽。”

“嗯，大概吧！”

“大概？”

两人以简短的唐语对话。

因此，孙岳梁也明白其意。

“若是您已经知道那是什么，请告诉我。”孙岳梁向空海说。

“等明早天亮之后，再奉告比较好。”

“为什么呢？”

“因为天亮后，可以确认一些事情。”

“既然您这么说，也只好这样了。”

“明早用餐完毕，烦请在座各位来此再聚，我们出发之前，我想应该可以奉告答案。”空海说。

事情就这样决定了。

【四】

翌晨，同样一群人又聚集在厨房。

每个人都充满好奇心，橘逸势更是隐藏不住心中的兴奋之情。

“空海！若是知道的话，赶紧告诉我们吧！”

昨晚回房后，逸势如此逼问空海好一阵子。

“明日再说吧！”

空海如此一说，逸势显得相当不满。

“狗头的事也是如此。明早知道是最好的……”

其实，急于揭开谜底的人不只是逸势而已，同行的人也等着空海回来，想听听事情原委。

葛野麻吕亦是如此。大家的好奇心像飘浮在半空中般，熬了一夜到清晨。

“原因应该在窗外。”

环视大家后，空海说道。

“到后院看看吧！”

众人从旁边板门走到后院。

清晨时刻。

为了赶在年内抵达长安，只在洛阳投住一宿，就得立刻出发。因此，早餐也是在太阳刚从东方地平线升起时就已经用毕了。

阳光尚未射入的后院，撒满一地的落叶上，结着白白的霜。

“那么——”

空海踏着霜叶走进后院，站在靠近那窗子处的一棵槐树荫下。

“找到了。”空海说，“这正是昨晚那只手的原形。”

大家围住空海，望向空海所指之处。

“啊！”

发出叫声的是孙岳梁。

槐树根部——枯草之间，有一个破旧的勺子。

仔细一看，勺子里好像有什么东西。

“这是——”

“栗子。”

逸势和葛野麻吕同时叫道。

勺子里确实有五颗栗子。

“刚好是这五天的栗子。”空海道。

又看着厨子。

“有关此事，可否请您说明或必须由其他人来说明呢？”

空海话一说完，厨子边注视着结霜的勺子和栗子，边说道：

“不。此事还是由我来说明吧！这勺子，是我在五天前的白昼丢弃的。”

“如此说，正是那只手第一次出现的那一天。”

“正是。”

说完，厨子望着大家。

“厨房以前就放了一口水缸，这勺子是用来舀水的。已经用了二十二三年了吧！勺子底部也出现裂痕，舀水时往往会漏掉。因此，换了个新勺子时，我随手就把旧勺子丢到窗外了。”厨子如此说。

空海弯身捡起勺子。

“事情就是如此。”空海说道。

“所谓器物，只要经人使用二十年以上，自然已有魂魄附身。魂魄成精，每晚会出现。”空海微笑道。

“每晚吃完栗子，用那勺子舀水喝完才就寝，是我的乐趣。”

“由于太怀念往昔时光，已成精的勺子才会化为人手出现。”

“那要如何处置这勺子才好呢？”厨子问。

“魂魄附身的成精之物，应该和人同等看待。”

"您的意思——"

"和人一样，或烧掉，或埋在土里，再诵上一段经即可。"

简单扼要说明后，空海又露出了微笑。

【五】

"你啊——真是个不可思议的人啊！"

在马车里，橘逸势一边仔细端详空海，一边说道。

此时，马车已经离开洛阳，踏上赴长安之路。

地面上的凹凸不平，就这样直接打在臀部上。

"说我吗？"空海问。

"正是说你。"

"你常常如此说！"

"因为不可思议，才说不可思议啊！昨日方士的事还有今早的事，不都是如此吗？"

"是吗？"

"空海啊，每个和尚都像你这般吗？"

"什么这般啊？"

"别回答得这么冷淡。"

"嗯……都一样吧！"

"一样？"

"和儒生一样。"

"听不懂。佛教徒和儒生，如何会一样呢？"

“儒生也是形形色色啊！譬如：孔子是儒生，我叔叔阿刀大足也是儒生，在这里的逸势也是一位儒生……”

“嗯。”

“同样是儒生，孔子、阿刀大足、逸势，不都是各自不同的人吗？和尚也是如此。”

“空海啊，我明白你的话。明白，其实又不真明白。”

“为何呢？”

“我觉得你好像总是强迫自己不要说出事实的真相……”

“是吗？”

“人各不同，理所当然。而你说这理所当然之事，其实是打算欺瞒我。”

“绝对无意欺瞒。”

“算了。空海，至今我已见过好几位和尚，都是各自不同，你是当中最特别的一位。”

“是吗？”

“说实话吧，空海！说实话，好让我安心吧！”

“说什么实话呢？”

“说你觉得自己特别的事情。你应该会觉得自己和别人是不一样的才对。”

“哈哈哈。”

“好啦。连逸势我都觉得自己和别人不一样。像你这般，不可能不这样想，不是吗？因为我都觉得自己很特别，像你这般的人却不觉得自己特别，我就会很困扰。”逸势坦率得令人怜爱。

“逸势很困扰吗？”空海笑道。

“困扰。”

“真是对不住啊！”

“若是如此，请直接说。但是，不要撒谎。”

“绝不撒谎。”

“你会觉得自己是和别人不一样的人吗？”逸势问。

“嗯。”空海回答得很干脆。

如此干脆的回应，令逸势的神情显得很泄气。

“只是如此？”

“只是如此。”空海答道。

沉默一会儿，逸势不以为然地盯着空海看。

“你骗人的技巧很高明。”

“我谁也没骗！”

“虽说没骗，我却觉得被骗得团团转。”逸势说。

说完后，又仔细端详空海。

果然是个奇妙的人。只能说是不可思议。

对于逸势的注视，空海只是静静地微笑着。

在空海的心里，各式各样的事物，不时相互矛盾，而这些矛盾却同时栖息在这个男人的内心。

理智和野性、高贵和下流、圣和俗，这一切生命的结晶体，都闪耀在这个男人的肉体之中。

这一切，时而相和，时而矛盾，甚至发出倾轧、不协调的声音，在空海的肉体中，混沌地翻滚着。

“那就是函谷关！”

此时，前方握着马绳的男人叫道。

“哇！”

马车上的人也叫出声来。

逸势、空海都把身子探出马车，望向前方。

前方地平线上，可见函谷关耸立在青郁而险峻的山岳之间。

近山顶处，覆盖着皑皑白雪。

“翻过山岭就是长安啰！”逸势掩不住兴奋地说。

离开日本已经五个多月，一行人终于来到了用不着九天行程就可以抵达长安的地方。

当时，连空海在内，想必每个人都忍不住朝耸立在地平线上的山岳的另一边直直看去。

覆盖着白雪的山岳的另一边，正是处于烂熟时期的长安。

此时的长安，有如一触就会掉落的成熟果实。

长安城在此，有如在等待这果实的绚烂、混沌完全贪婪地耗尽。

第二章　暗夜秘语

【一】

长安有如一个大熔炉。

人种的熔炉，文化的熔炉，圣和俗、繁华和颓废的熔炉。

空海入唐时的长安，是世界上无与伦比的大城市。

其规模甚至凌驾西罗马帝国之上。人口约一百万，其中有一万人，亦即每百人之中就有一人是异国人。

空海等从日本来的遣唐使一行人抵达长乐驿时，是十二月二十一日。

长乐驿，是长安前一站的停泊点，距离长安五公里。

旅人——特别是从外国而来的使节，都在此卸下旅装，换上正式服装后才进入长安城。

不过，并非立刻就能进城。

得在长乐驿等待大唐朝廷的指示后，才能进城。

这个十二月里，吐蕃、南诏的使节团也要入长安城。

空海一行人登上长乐坡，由春明门进入长安。

一行人所分配到的宿舍，则是宣阳坊的官宅。

空海和橘逸势终于住进长安之时，长安已有异象发生。

【二】

话说回来。

时间是在空海等一行人还在福州，刘云樵宅邸出现妖怪不久之时。

八月——

满月之夜。

徐文强带着满足的神情，信步于田野之间。那是一片棉花田。

已经绽开的白色棉花，在月光下点点可见。

棉花田位于骊山之北。

现在，徐文强信步之处，放眼所见的棉花田皆为他所有。

每年这个时期一到，徐文强总爱在夜里独自一人来到田间眺望棉花。

一边眺望一边思考：何时采收棉花？五天后，还是七天后呢？

边走边思考：如何处置这些棉花呢？能够换得多少银子？换成银子后，又该如何花销呢？

一边思考这些问题，一边信步而行——是他的一大乐事。如此一整晚也不厌烦。因为是夜里，且是满月之夜，才不厌烦。

白昼固然也可以了解棉花长得如何。不过，棉花将如何流入市场、如何被使用、可以卖多少银子、这些银子如何花销等却是看不到的。

夜里，这些问题都可以获得答案。

徐文强的棉花，向来颇获好评。其中，又数这附近的棉花最好。

在此处走着走着，答案就都出来了。

棉花到底想在何时被收，又希望如何被使用？这些答案都会在内心浮现。

徐文强认为，自己是为了聆听月光下棉花们相互交流而来的。

倾听棉花的心声。自己只是依照棉花们的愿望去行动。

在还不清楚它们的愿望时，三晚、四晚，都要持续到这田里来。

今年会如何呢——

徐文强一边思考，一边信步而行。

月光下，斑斑点点的棉花白，在徐文强看来有如闪耀着金色的光辉。

风，微微地吹。

似有若无的风，似乎吹动了棉花叶，又似乎静止不动。就是这样的风。

棉花叶和泥土的味道，已经完全融入夜气之中。

走着走着，忽然听到不知从哪儿传来的声音。

“哦……”低微的声音。

好像被微风吹动，叶子和叶子相互摩擦的那种隐约的声音。

刚开始时，徐以为是自己多疑。然而，并非自己多疑，最初听到的“哦……”的声音还在持续着。

“哦……”

“哦……”

到处都响起同样的喃喃细语。

好不容易才听出这似有似无的声音，大概只有风吹动田里的叶子发出“唰”的声音的十分之一，隐隐约约的声音。这如同细语般的声音再次飘进徐文强的耳朵。

“满月之夜哦……”

“满月之夜哦……”

细语般的声音又响起了。很明显地，和棉花的声音是不一样的。

徐文强所谓的棉花声，好似充满某种力量，让他一走到这田里，就会发现内心深处的语言。

现在，徐文强耳边响起的声音完全不一样。

“不出来可不成啊！”

“不出来可不成啊！”

“嗯。”

“嗯。”

“嗯。”

“嗯。”

掺杂着虫鸣声，“嗯”的回答声此起彼伏，响遍周边。

徐文强环顾四周，根本没有半个人影，好像草丛里的虫鸣变成了人的声音。

“何时好呢？”窃窃私语般。

“是啊！何时好呢？”有声音回答。

“那日的翌日好了。”

“那日的翌日吗？”

“嗯。”

“嗯。”

徐文强驻足聆听。到底谁在何处说些什么呢？这种事还是头一回碰上。

虽然有些害怕，徐文强却是个好奇心很重的人。于是，他屏气竖耳。

“说是那日，那日到底是何时？”

“嗯。到底何时呢？”

不知何时开始，变成两个对话的声音。

“喂！七日后啦！”

“哦，七日后啊！”

“就是那日的翌日啦！”

“哦，那日的翌日啊！”

“那日到底什么日子呢？”

“那日到底什么日子呢？”

“不知道。”

“不知道。”

“若不知道，明晚再说吧！”

“若不知道，明晚再说吧！”

“还有七日。”

“还有七日。”

“七日中想起来就行了。”

“七日中想起来就行了。”

“嗯。”

“嗯。”

到此，声音突然中断了。

之后，只有虫鸣，有如天上的星星般响彻大地。

“竟有此等不可思议之事。”徐文强暗暗自忖。

方才声音所说，到底是指什么呢？七日之后，到底会有什么呢？徐文强非常感兴趣，实在很想知道到底是什么。对了……徐文强想起了一件事。

方才谈话的样子，明日好像还会继续谈下去。

若是如此，只要自己明日和今晚一样的时间出现在此就可以了。

翌日晚上，依旧是有月亮、有星星的夜晚。月亮比起昨夜，稍稍缺了一点点，看起来仍然像满月。

同一时间，徐文强站在昨晚同一地方等待着，希望再听到那声音。

风几乎静止不动，和昨夜一样。连虫鸣都和昨夜一样。等着等着，果然不知从何处又响起了那声音。

“十六的夜晚啦！”

“十六的夜晚啦！”

那声音之后，整个棉花田又沙沙作响起来。

“嗯……”

“嗯……”

这晚，几近满月，皎洁的月光照亮四周。仍是没半个人影。

“还有几日呢？”声音响起。

“还有六日。”声音响起。

比昨日少一日，因为已经过了一天。察觉到这事的徐文强，突然兴奋得心跳加快。

“还有六日？六日后会发生什么事呢？”

“是啊，六日后会发生什么事呢？”

“会下冰雹吗？”

“不对。不是冰雹。”

所谓的“雹”，就是“冰”和“霰”。

“冰雹是七月的事。”

“七月不是已经过了吗？”

徐文强想起今年七月确实下了很多冰雹。

《新唐书》贞元二十年记载：

“二十年二月庚戌，大雨雹。七月癸酉，大雨雹。冬，雨木冰。”

“说到冰雹，正是六日后的征兆。”

“是的。”

“不过，即使知道有征兆，却不知何事。”

“不知道吗？”

“不知道！”

“若不知道，明晚再说吧！”

“若不知道，明晚再说吧！”

“还有六日。”

“还有六日。”

“六日之前若能想出来就好啦。”

“六日之前若能想出来就好啰。”

“嗯。”

“嗯。”

到此，声音又中断了。之后，只有虫鸣，徐文强一时之间竟呆立不动。

无疑是有什么重大事情将要发生。徐文强突然觉得很恐怖。不过，却战胜不了好奇心。

徐文强并未对家人提起田里的任何事，隔天晚上，他又跑来了。

但是，那晚，还有隔晚、隔晚的隔晚，那声音依旧想不出到底将发生什么事，日子就这样过去了。

正当家人也开始觉得奇怪时，已经逼近将发生重大事情的前一日了。

那晚，徐文强还是出来了。依旧无风，却不见月亮。

天空被云层覆盖着。被吞噬的月亮，好不容易才从云层下方透出一点微光。虫鸣声也少了，零零落落。

“见不到月亮。”

“见不到月亮。”

那听不出从哪儿来的声音，又开始对话了。

“不就是明日吗？”

“嗯，是明日。”

“想出来了吗？”

“哎呀！等一下。”

如此对话一阵子，不久，声音又响起。

“哦。”

“哦。”

很开心的声音。

“想出来了！”

“想出来了！”

“是那男人倒下去的日子。”

“是那男人倒下去的日子。”

“那男人是谁呢？”

“那男人就是皇太子。”

“李诵！”

“李诵！”

两个声音开心地喊出这名字时，徐文强全身为之一震。因为李诵正是当今皇上德宗皇帝的嫡子。

“会死吗？”声音又出现。

“不会死。”声音回答。

“只是病倒而已。”

“只是病倒而已吗？”

“如此一来，我们就可以出来了。”

“李诵明日病倒，我们翌日就出来。”

“是啊！”

“是啊！”

“哈哈。”

“呵呵。”

笑声扬起。

“哈哈……”

“呵呵……”

整片棉花田都扬起低微、充满欢喜的笑声。

【三】

徐文强果然在隔天傍晚得知了李诵病倒的消息。带来这消息的是左金吾卫的三名卫士。其中一人是徐文强的熟识张彦高。

“喂！”匆匆寒暄过后，张彦高对徐文强说道，“这到底是怎么回事呢？”

张彦高从怀里取出一张白色纸片，摆在徐文强跟前。

这是徐文强将昨夜听到的话写在信上，叫儿子快马加鞭，赶在今早送给张彦高的。

大致内容——最近是否听说皇太子李诵身体有恙？若有违和，且在今日突然恶化，请务必告知。

张彦高担任左金吾卫长吏职务，皇太子若有任何事，必定会最先得知消息。

他和徐文强自幼一起长大。张彦高的声音有些喘。

从长安到此，骑马也得半天路程，他好像是快马飞奔而来的。

“皇太子果然出事了吗？”徐文强说道。

“今早问安之后，就倒下去了。”张彦高说道。

太子的职务是“视膳”和“问安”。所谓“视膳”，是在皇帝用餐前担任试毒的任务。所谓“问安”，则是朝夕询问皇帝寝所的宦官：“陛下龙体可好？”

那就是皇太子的职务。

就在问安之后，不一会儿，李诵突然倒了下去。

“中风了！”张彦高又加一句。

中风，也就是脑溢血。

徐文强才听完这话，低声叫出来：“哦——”

“听好！皇太子病倒，是在我读完你的信之后。这意思，听懂了吗？”

徐文强点点头。

“为何你事先知道皇太子会病倒呢？可能会因为你的答话不得不逮捕你。即使从小一起长大，也得看情况，或许得做些不一样的处置。总之，先和我一起到长安去。”张彦高如此告诉徐文强。

“我了解你的话。不过，你若以为我和皇太子病倒有任何瓜葛，可就错了。我只是把偶然听来的事写信告诉你罢了。”

于是，徐文强就把这七天来发生在自己田里的事告诉张彦高。

“竟有此事？”张彦高说道，“真是叫人无法相信。”

“绝不骗你。”

“若非谎言，明晚不是还会有什么出现在你的田里吗？”

“不必等到明晚。今晚，同一时间到田里，应该就会听到声音了。这么一来，你就会相信我所言不假。”

“不过，今夜我就要把你带回长安。”

“已经是傍晚了。我并非要你等很久。与其明天再来确认我是否说谎，还不如今晚就来试试看。”

张彦高觉得徐文强所言有理，便点点头说道：“好吧！就如此办吧！”

【四】

这晚，是个连月光都看不见的暗夜。风儿阵阵吹着，整个棉花田沙沙作响。

张彦高和徐文强还有张彦高的部下们站在黑暗中，一直在等待着。

张的一位部下手中所握的火把，被风一吹，发出燃烧的声音。

漆黑暗夜。黑暗中只能看到彼此被火焰照得通红的脸庞。

“还不出现吗？”张彦高嘀咕着。

“再等一会儿。”徐文强说道。

“原本这不是我的职务。别人要来，我硬说自己是收信的当事人，才抢着来的……”

当张彦高说这话时，不知从黑暗中的何处突然有声音传来。

“风正在吹着。”

虽是低低的声音，却很清楚地传过来。

“风正在吹着。”另一个声音回答。

“如何？李诵果真病倒了吧！”

“是啊！李诵果真病倒了。”

“哈哈……”

“嘻嘻……”

“呵呵……”

无数笑声喧嚣在暗夜之中。

“再来就是明日了。”

“再来就是明日了。”

声音又响起。

“是谁呢？”张彦高不假思索地问道。

不过，却没有回声。

风吹得更紧，暗夜里所有棉花叶发出“唰唰”的摇曳声。

这声音，和那无数低微的笑声重叠在一起。

马的嘶叫声好像也混在其中。盔甲声、战车声，接着又响起无数低微的笑声。

“哈哈……”

“嘻嘻……”

“呵呵……”

这些声音重叠在一起，加上风声，不知不觉中，笑声在强风中响彻了漆黑的天空。

第三章　长安之春

【一】

有“刺骨”的说法，指的就是长安冬天的寒冷。

刺骨——形容天气冰寒得有如针刺进骨头。

空海进入长安时，正是刺骨时期。

八〇四年十二月二十一日。之后，又过了一个多月。

风中的长安，开始有春天的气息了。

长安二月多香尘，
六街车马声辚辚。
家家楼上如花人，
千枝万枝红艳新。
帘间笑语自相问，
何人占得长安春？
长安春色本无主，
古来尽属红楼女。

如今无奈杏园人，

骏马轻车拥将去。

——韦庄《长安春》

长安的春天始于二月。

从朔北吹来的风和黄尘，挟带着春天来到。

二月——

风中已经开始混杂着杏花味道。

空海和橘逸势走在带着春天气息的风中。

刺骨的感觉没有了，只感觉春风和煦。

大街左右两旁并立的榆树、槐树和杨柳，都已冒出嫩芽，抽出淡淡的新绿。

路过的马车，所发出的辚辚声更添热闹。

高楼之上的天空，也显现出温柔的色彩。

走过大街，一踏进游廓的夹道——狭斜，人们的脚步也变得轻盈了。

僧侣装扮的空海，即使走在这称为“狭斜”的妓院、酒肆鳞次的街道，也不会有谁停下来多看他一眼。

因为，街道上到处都是商人、官吏、僧侣、异国人。

像长安这般有各式各样种族生活在一起的城市，在当时的世界绝无仅有。

据说光是各国的使臣，平常就超过四千人。

长安的人口一百万人，其中有一万人是异国人，除了使臣之外，还有六千名普通异国人生活在这个大城市。

首先有倭国，还有吐蕃、西胡、大食、天竺，另外，还有土耳其、维吾尔族、西域种族及其他少数民族，都聚集在这个城市。

这些人带来的，不仅是文物，也带来了宗教，如道教、佛教、密宗。

这些不必说，西胡的国教祆教——拜火教，还有摩尼教，也都传入长安。另外，景教——聂斯脱里派的基督教也东传而来。长安建有各教的寺院。

这里没有种族歧视，即使是异国人，只要考试成绩优异，一样可以任官，也有可能位居高职。事实上，确实有不少这样的异国人。

这些异族所带来的各种宗教，都受到政治的高度保护。

这些异族，有如散布华丽色彩般，混杂在熙来攘往的群众里。

身穿皮衣、脚履及膝皮革长靴的胡人昂首阔步，旁边的酒坊则传出胡乐来。

所谓“胡”，狭义指的是伊朗，广义则泛指西域诸国。

一般而言，胡人包括西胡人、大食人、波斯人、土耳其人、维吾尔族人。

胡女、胡姬、胡商、胡麻、胡乐、胡旋舞都是西域人、西域食物及西域文化。

赤发碧眼——

那样的种族，空海和逸势都是第一次在这长安城看到。

贵人和官吏之间，也流行着西域装扮。

脚履西域式长靴、穿着长下摆衣物，英姿焕发地骑着马的贵人可不少。

人们的交谈声、车马声、流泻的管弦曲乐、食物的味道——对空海逸势二人而言，一切都是异国情趣。

杂沓、喧嚣、混沌……

置身于此，不仅逸势，连空海的心也好像飘浮起来了一般。

不过，置身于此种光景，空海的心思和逸势并不相同，他在此地观看宇宙。

空海知道，触目所见的一切、形形色色的一切，乍看之下好像各自不同，但以同样身在宇宙中的观点来看，则都是相同的。

所有的一切，和宇宙都是等距离的。他如此认为。

若说自己和他人唯一的差异，就是自己很清楚，不仅他人，还有自己的肉体，都被宇宙原理的无穷力量所贯穿。

置身在喧嚣街头的空海，愈来愈清楚地感觉到宇宙原理的存在。

宇宙原理——按密宗的说法，就是“大日如来”。

——那大日如来，把自己的肉体层层包住。空海如此认为。

所见、所触、所嗅、所闻和所咀嚼——空海看透那些全是泡沫。

然而，虽说看透，空海并非以一种冷漠眼神来观照。

对于罕见的事物，依然率直地深受感动；不曾吃过的东西，立刻抓起来放进嘴里，每一样都是不同的味道。

虽说应该是相同的，然而，一旦以个人眼光来看，恐怕所有的一切又都不相同了。

应该相同，却说不相同，空海在自己内心看到这矛盾的视线。

真是不可思议。而这不可思议的紊乱，让空海感到很开心。

“真是有趣！”空海一边走，一边喃喃自语。

走在一旁的逸势听到后，问道：“什么事有趣，空海？”

“我的心啊！”空海边走边笑。

“喂，空海！难不成你又在思考什么复杂的事吗？”

“不是什么特别复杂的事。”

“何事呢？”

“看吧！”空海视线扫过周围的杂沓，说道。

“看啦。又如何呢？”逸势看着空海。

“曼陀罗[1]啦。”空海低声说道。

“果真是复杂的事，不是吗？”

“不，一点也不复杂。”

“算啦。因为你说话风趣，我就听吧！不过，空海——”

“何事？”

“不要用言辞来诓骗我呀。”

“绝不打诓语。”空海露出微笑。

“总之，你说说看，说简单一点……”

“好吧。”空海边走边仰头看了一下天空，再把视线转回到杂沓的地上，“譬如说：我和你是两个不同的人。”

“当然不同。”逸势道。

“倭人和汉人当然不同。儒生与和尚不同，还有，富人和穷人也不同。”

“嗯。”

“不过啊——”空海说着，指着前方。

前方是妓院的围墙，有一株白梅树枝由里往外伸到街道上来。

“从那株花的距离来看，无论谁都一样。”

1　梵语，众生相之意。

“什么？！”逸势扬起声调，“果真是复杂的事啊！”

“好吧，就说说那云好了。”空海说道。

“云？”

“有云飘过那里。”空海仰头看。

“嗯。有啊！”逸势的视线从方才空海所指的白梅树后方扫过。

白梅树正上方，有一朵云正悠悠然往东飘去。两人都闻到了梅花香。

“从那朵云的距离来看，在此的任何人不都是相同的吗？不因为是富人，离云就近；也不因为是穷人，离云就远；更不因为是儒生或和尚就如何——”

“嗯。”

“众生皆平等。”

“理所当然啊！”

“不过，方才不是说和尚和儒生不同、富人和穷人不同吗？”

“嗯。”

“何故呢？”

“不要突然这样问我，空海。”

“说不同即不同。说相同即相同。此又何故呢？”

“赴长安途中，在马车上也说过同样的话题。空海！你应该回答才对。我对这种复杂的问题感到很棘手。”

“所谓和尚和儒生、富人和穷人的称谓，都是人的分法。因为有‘人法’，才区分出来的。”

“是吗？”

“和尚和儒生、富人和穷人皆相同，则是‘天法’。”

“嗯。”

“明白了吗？”

“哦，明白了。”

“问题就在这里，逸势啊！”

“唔。”

“就像和尚和儒生、我和你都相同般，那里的树、方才的梅花、狗和猫、蛇和鱼，跟你我也都是一样的。”

“嗯……”

“从天法来看，那些都是生命。”

“嗯、嗯。”

“更进一步说，在天法之内，我们和花、狗、树、蛇、鱼都是相同的。恐怕和地上的石头、天上的云等一切也都相同。”

“嗯、嗯、嗯。”

“宇宙原理充斥在我、你、方才的梅花、走过的汉人和胡人、屋子、流泻的乐音、煮鱼的香味等之中。”

“总之，那就是——”

“所谓的曼陀罗。”

“那曼陀罗是……”

“我是说，这一切都很有趣。”

“你一边走还一边在想这些复杂的问题吗？”

“不复杂。”

“实在受不了。”逸势如此说，却毫无不愉快的神情。

他用一种有趣的眼神看着这个和自己从倭国而来的怪和尚。

空海所谓的“宇宙”这个名词，在那个时代早已存在了。无论是“宇”还是“宙”，都像是个巨大的罩子，战国时代的《尸子》这本书中记载着：

“上下四方曰宇，古往今来曰宙。”

“上下四方”，指的是空间。所谓“古往今来”，是过去、现在、未来，指的是时间。

“宇宙”的现代说法，就是“时空”。古代中国比任何一个国家都更早有这种概念。

“只要有你相伴，无论身在何处，感觉都是相同的。”逸势说道。

“何处呢？”

“在倭国、在大唐都相同。”

“是吗？”

“不过，不管相同还是不同，总之，他还是很想回国吧？”

“是指永忠和尚吗？”

“正是。”逸势说。

空海和逸势刚从西明寺出来。

二月九日——

明日，藤原葛野麻吕大使等一行人将从长安出发返回日本。原本计划要更早出发，却因种种事情延迟至今。

所谓事情，指的是德宗皇帝的驾崩。

德宗驾崩于那年一月二十三日，即贞元二十一年正月癸巳，享年六十四岁。

三日之后，四十五岁的皇太子李诵即位。

然而，新皇帝早在即位前的去年九月就因中风病倒，手脚、言语都不顺遂。

一行人抵达长安后，在去年十二月二十五日的拜谒式中，空海和逸势也都见到了这对不幸的父子。

在拜谒式上，和空海等遣唐使同时抵达长安的南诏、吐蕃等大使也在同列之中。当时，即可看出德宗身体饱受病魔摧残。

一起现身的皇太子也处在没有侍从搀扶就举步维艰的状态，是日一言未发。

德宗皇帝早晚会敌不过病魔吧——葛野麻吕不止讲过一次。但他万万没想到事情会发生在自己还身处大唐之时。

不过，事情却发生了。

如此一来，纵使是异邦大使，也不得不穿起丧服。葛野麻吕为哀悼德宗，素衣素冠在承天门持杖。空海也在行列之中。

从长安归国的出发日，因而延迟至二月十日。也就是明日。

遣唐使一行人一归国，留在大唐的空海和逸势当然也不能一直住在作为大使宿舍的宣阳坊鸿胪馆。

大唐方面替留学僧空海准备的落脚处是延康坊的西明寺。

出发前一日的今天，空海和逸势把身边用品收拾好，雇人以马车驮到西明寺。尚未决定去处的逸势，则暂时也搬到空海住处。

两人至今所住的宣阳坊，位于将长安一分为二的朱雀大街之东，即左街。西明寺所在的延康坊，则在西边，即右街。

距离约五千米。

驮着物品的马车先行归去，空海和逸势则是步行回宣阳坊。

宇宙啦，曼陀罗啦，正是途中的话题。然后，逸势突然想起永忠。

永忠——

三十年前，来到大唐的日本僧人。当时，并无遣唐使船，永忠是搭乘私人船只渡海而来的。

遣唐使船并非经常出使。

空海这次所乘的船，与上次遣唐使船已经间隔二十四五年了。

三十年来，永忠以留学僧的身份居住在西明寺里。空海将住进去的，正是永忠这三十年来所居住的房间。

永忠明日将和藤原葛野麻吕一起返回日本。

稍早之前，永忠曾出面迎接空海和逸势，并将西明寺介绍一番。

逸势和永忠是第二次会面，空海则来西明寺拜访过永忠好几次了。

永忠已经将自己的物品都处置妥当，带着下一位屋主空海来到这空无一物的房间，注视着居住了三十年的地方……

“好长的一段时间啊！三十年……”永忠感慨地说道。

三十年前，日本尚处于奈良朝，空海刚出生不久。

空海告诉永忠，现在的都城在平安京。

整个房间好像都已经渗透着永忠的体味了。

“如今，这里的知心好友，比日本友人还要多。不过——”永忠话到一半而止，以充满眷恋的眼神再度环视房间，“不过，我还是想回故乡。”

“当然可以回去。到了今年夏天，你就可以踏上日本之土。”

空海说此话时，永忠正强忍着眼泪。

“这三十年，我觉得自己浪费掉大半光阴。若是时光能倒回，我认为只要花一半的时间，十五年就能把这次要带回日本的东西全部弄到手——”

永忠话到一半又止，注视着空海。

“听说你是来求取密宗大法的吗？”

“正是。”

“若是密宗，首推青龙寺的惠果师父。”永忠说道。

“四处打听，都这么说。”

“那当然是事实——”

永忠好像有什么重要的事要说一般，紧盯着空海看。

“在这个国度里，与其不请自来，还不如被邀请才前往的好。求取密宗大法也是如此。拿着介绍函求见，能见到惠果师父尚属幸运；就算见到了，也得做个三年杂役吧。三年后，或许有一句没一句地开始学习诵经，如此到灌顶，恐怕得花上十到十五年的岁月吧！”

“嗯。”

“虽然，你预计二十年，但若是应邀前往惠果师父那儿，以你的资质，五到七年就可以完成了。”

“不过，也有只花一年时间就完成的人。”

“是吗？”

“是一位名为‘最澄’的僧人。”

“原来如此。听说这次有个僧人不来长安，直接前往天台山，好像就是他——”

“正是。”

“不过，只要一年，未免也太急躁了吧！”

“若把他当成来采买经书的商人，一年也不算急躁。”

“这样说未免苛刻。既然如此，你打算花几年？”

“若说最澄是商人，我就是小偷吧！”

“真是有趣！”

“听说西明寺里，有和惠果师父所在的青龙寺交往极深的人士。”

“哈哈哈，连这你也知道？八成是指志明和谈胜吧！今日应该在寺里，是否替你引见一下？”

“不。时候未到。您只要传达说，有个从日本来的空海和尚，可能是来盗取密宗的。如此就够了。”

“来盗取……果真要这样说吗？”

“正是。”

“另外，你是否听到惠果师父的一些传闻呢？”

“何种传闻呢？”

“惠果师父的身体状况似乎不佳。”

“这事倒听说了，状况很坏吗？”

“就算年内不会有变化，但可能撑不到方才所说的五年。”

“一生穷极密宗的人，也不得不顺从天法啊！”

“连释迦牟尼也难逃天法。”

“是。”

“传密法予惠果师父的不空，还有传密法予不空的金刚智，如今也都不在这人世间了。”

“我正是不空菩萨入寂之日出生的。”

“当真？”

“正是。”

“不过，竟也如此——”

“所指何事呢？”

“穷极密法的人，终究难逃一死啊！”

“如此让我安心不少。”

“啊！”

空海的回答颇出人意料，永忠发出不可思议的惊叹声。

“终究得一死——这事的确很严肃。正因为一死，才能成佛、成密。若想求取长生不死法，就该求诸玄道。不过，纵使尽得玄道，时候一到还是得死吧！”

玄道——亦即神仙之道。

“商人得死，佛教徒得死，乞食者得死，密教徒得死，玄道之士得死，连帝王也得死。”空海竟然很开心地说道。

“都得一死！”

“真是痛快啊！”顺着永忠的回答，空海若无其事地说出此话。

“嗯。”

“正因为如此，才有佛法，才有密法吧！”

永忠目不转睛地盯着说出此话的空海，再对空海说：

“你真是个不可思议的人！”

永忠在和空海的交谈中，举止措辞渐渐更加谦让了。

“和您说完一席话后，想到明日就要回日本去，真是可惜！很想继续留下来，和您天南地北地谈谈。不过，终究不如归去。”永忠以惋惜的口吻对空海说道。

“不如归去吗？”逸势边走边模仿当时永忠的口气自言自语，“二十年吗？我们——”

逸势似乎想到自今以后得在这长安度过二十年的岁月。

“不需要二十年吧！”空海说。

“不。空海！就算如永忠和尚说的，你五年就可以求取密法，二十年还是得二十年。因为如此，我们才来到大唐，并非可以用自己的意志决定要待几年的。”

“呵呵。”

“就算五年可以回去，难道那么凑巧，刚好有遣唐使船从日本来吗？二十年后，是否还有遣唐使船尚且是个疑问。”

“我知道。”空海像风般飘飘然走着，低声说，“已经播下了种子，或许不久就会萌芽。”

“什么？什么种子啊？”

“期待萌芽吧！”

“啐。”逸势像个小孩般踢着小石头，“方知老暗催——吗？”

逸势不禁吟出那首不知不觉中感到自己开始老去的诗句。

“方才的诗吗？”空海问道。

所谓“方才的诗”，是永忠在谈完诸多事后，给他们看的一首诗。

“对了，西明寺是观赏牡丹的胜地——”空海对永忠说。

“确实是个好地方。”永忠回道。

西明寺的牡丹，比长安其他牡丹胜地的绽放得晚，因此，这时期依然姹紫嫣红。

长安的许多文人雅士都来到此地，或吟诗，或作画。

“您也咏诗吗？”

“不。还不到咏诗的程度。”

“大家都说您的书法和诗文很杰出。若有雅兴，我有件东西想给两位看一看——”

“什么呢？”

“这是抄写自一位来访西明寺人士所吟的诗。”

“请让我们拜读一下。”

于是，永忠离开席间，取出诗文来，逸势方才所念的，就是那首诗中的一句。

“这是去年的作品。”

空海和逸势读起那首诗。

那首诗题为《西明寺牡丹花时忆元九》。

前年题名处，今日看花来。
一作芸香吏，三见牡丹开。
岂独花堪惜？方知老暗催。
何况寻花伴，东都去未回。
讵知红芳侧，春尽思悠哉。

题下，写着作者的名号：“白乐天”。

白乐天——这是表字。本名是“白居易”。

白乐天的诗集《白氏文集》传入日本后，成为平安时代上流社会人士必读的书，在公卿贵族之间相当受重视。这是后话。

空海入唐时，白乐天尚是一名默默无闻的秘书省小吏而已。

当然，此时的空海，也不知白乐天为何人。

白乐天以玄宗皇帝和杨贵妃的爱情故事，写下长篇诗作《长恨歌》，也是之后的事。

“您抄写的吗？”空海问道。

“不。是方才提到的志明所抄写的。他非常爱好此道。我刚刚向他借来的。”

“白乐天是怎样的一个人呢？”

“好像是志明的熟识，秘书省的官吏，我和他见过一次面，年龄大概和您相当吧！”

正如永忠所言，那时，空海三十二岁，白乐天比空海大两岁，三十四岁。

“既然还年轻——”空海说道。

“您想说的是，为何‘方知老暗催’吗？”

“正是。”空海答道。

确实是好诗。

去年，和一位叫元九[1]的友人一起来观赏牡丹，今年却独自一人前来。现在，那位友人好像身在洛阳。看到发出芳香的盛开的花朵，而想到了自身的老去。

那简直就是佛家的想法。

是佛家的想法，也是佛法的出发点。

就密宗而言，生、老、病、死等生命现象——这些生生流转的生命，正是巨大宇宙的活力和动力。

“很想再拜读他另外的诗。”空海坦率地说道。

“若有兴趣，下回请志明引见一下。”

“好。”

“不过，有关先前那事。”永忠说。

“找到合适的人了吗？”

“是的。听说般若三藏可以教您。”

“那真是太好了。”

“那人真是再适当不过了。毕竟他是天竺人——”

1　即元稹。

"听说他曾经在玄奘三藏也待过的那烂陀寺学习佛法——"

"正是。至于唐语，讲得和唐人没有两样。像您如此擅长唐语的人，和他沟通应该不会有什么不便。"永忠如此说道。

接着，又以日语交谈好一阵子之后，空海和逸势就辞别西明寺了。

"那样的诗，并非我所喜爱的。"逸势边走边说。

"那种太直接的诗，逸势不喜爱吧。"

"嗯。"逸势答道。

不知不觉间，已经快到宣阳坊了。

"话又说回来，空海，谈完诗后，永忠和尚到底在说些什么啊？"

"哦，你是指般若三藏可以教我的事吗？"

"教什么？"

"梵语啦。"空海说道。

"梵语？"

梵语，亦即古代印度所使用的标准书写文字。

"嗯。"

"为何要学梵语？"

"我们读的佛典，都是以唐语书写的。不过，那些佛典，最初都不是以唐语书写的——"

"嗯。"

"之前，是以天竺语书写的。那天竺语，就是梵语。"

"嗯。"

"若是懂梵语，无论佛法还是密宗，都可以明了最细腻的微妙处。"

"原来如此。"

“再说，突然去求见惠果师父，纵使他当下就传授我密法，若不懂梵语，也是毫无用处。”

“不过，你不是会写也会讲梵语吗？”

“那是日本式的梵语，不适合用来盗取密法。想盗取密法，什么都不懂反而比较好。”

“如此一来，不是要花费好多年工夫吗？”

“不，不出几年。”空海满怀自信地说。

“对了，你刚刚说，从见面那日起，惠果师父就会教你密法？”

“说是说了，但有可能第一次见面就传授密法吗？那只是打个比方而已。”

“梵语啊——”

“或许是绕远路，不过，绕这条远路，也可能出乎意料是条捷径。”

“方才，永忠也如此说过。”

“与其不请自来，不如让人家来邀请——”

“确实如此，问题是对方是否来邀请呢？”

“大概很难吧。”

“嗯，行不通！”

“逸势！我没有说行不通。我是说很难。”

“什么？！”

空海对逸势露出微笑，又说：

“结果如何不得而知。正因为不知道，所以有趣。”

“不过，空海啊——”逸势好像突然想起什么。

“什么事？”

“虽然快到宣阳坊了，我们不要直接回去，想不想往平康坊走走呢……”

“找女人吗？”空海问得很干脆。

平康坊，位于宣阳坊北邻，是妓院和酒坊栉比鳞次之区，寻欢作乐的地方。

有碧眼胡姬，当然也有对逸势而言是异邦人种的唐人妓女。

逸势频繁来此走动，好像已经有熟识的女人了。

每次来到这里，逸势都会把个中细节说给空海听。

初次和碧眼胡姬会面时，逸势以充满兴奋的口吻，津津有味地向空海描述妓院调度、胡姬服饰、音乐曲调等。

逸势问空海是否见过“垆”，还向空海说明“垆”到底是何物。

逸势向空海说明至今为止只在诗文中见过“垆”时，与平素抱怨不想待在大唐二十年之久的逸势判若两人。

垆——并非是“炉”，乃酒肆等所使用，有如台子之物。

以黑土堆起，做成炉形的坛，摆上酒菜，客人和胡姬迎面相对。

灯火，则是盘式的灯。

灯火下，女人风情万种地伸出白嫩的手，把酒斟入酒杯。

“真是美妙极啦。”逸势说道。

逸势每次外出时，总是紧跟着会说唐语的空海，唯独到那儿时，不是和其他人，就是独自前往。

因为空海是僧人，不方便邀请吧！反而还以此事来取笑空海。

从那儿归来时，还故意跑到空海跟前，开心地看着他说：

“哎呀，我没当和尚，真是万幸！”

空海只是微笑着听着逸势说话。

而逸势此次倒是很罕见地邀了空海。

因此，空海才会问“找女人吗”。

“正是。找女人。”逸势答道。

他很稀罕地露出有些下流的神情，嘴角泛起了一抹笑意。

“反正今晚大概有送别酒宴，酒宴开始前再回去就可以了。从暮鼓鸣起开始，和女人缠绵过后，穿好衣服出来，也可以赶在宣阳坊的坊门关闭前回去……”

所谓“暮鼓”，是夕阳西落时，京城门楼上所鸣起的大鼓。

暮鼓鸣毕，城门就关闭起来。

之后，击响街鼓六百槌——约莫四十五分钟，响毕，各坊坊门就关闭起来。坊门一关，就回不了自己的住处了。

一旦坊门关闭之后，走在大街上被金吾卫发现，就会以“犯夜”罪名鞭笞二十下。夜晚可以在街上行走的，只限官员，或持有县、坊所发之的特别通行证，也就是持有文牒的人。

相对于暮鼓，还有“晓鼓”。天刚破晓击响之时，各坊坊门便随之打开。

“这主意不错。”空海说，且说得很干脆。

“可以吗？”逸势问。

“可以也罢，不可以也罢，不都是你邀请的吗——”

“咦，我是想看到你为难的模样才邀你的，真的不在意吗？”

“可以去啊！”

“不要后悔哦，空海。”

“没什么好后悔的。”空海淡然地说道。

“哦。”逸势嗤笑一声，“你的话是否在逞强？等一下试试看就知道了。”

逸势真当一回事，接着又说：

“若是如此，今日就作罢。既然要去，何必这般匆忙赶在今日？德宗皇上刚驾崩，妓院也暂时歇业。等葛野麻吕归国后，改天时间较为充裕再前往，不是更好吗——”

“那也好。”

“到时，宿一夜，如何？”

“嗯。”空海毫不犹豫地回答道。

这种氛围，让逸势有些处于劣势，于是更进一步追问：

“喂！空海。你该不会瞒着我，偷偷到妓院去吧？！”

当时奈良佛界，有所谓“不犯”——就是不可和女人有私情，这是僧侣的重要戒律之一。

若是公然打破此戒律，会被“破门”，二度再犯，就不准踏入宗派寺门。

至少，表面上也得遵守。

食欲、性欲、睡欲，在人的所有欲望之中，性欲是此三大欲望之一。完全断绝对女人肉体之欲望，是当时佛教成立之戒律。[1]

尽管如此，空海却轻松地对邀约他一起去嫖妓的逸势说“那也好”。

无怪乎，逸势会认为空海是否已瞒着自己偷偷跑去嫖妓了。

“你说呢？”空海开心地看着逸势。

“为何突然想去呢？”逸势问道。

---

1 现在的日本和尚已无此戒律，可以娶妻生子。

“因为逸势邀请我啊！”

“为何至今都不去呢？”

“因为你未曾邀请啊！”空海的答案简单明了。

“我知道了。”逸势答道，“在西明寺安顿后，立刻就去吧！”

“嗯。”

“到时，可别说只是戏言而已。不许逃哟！”

“绝对不逃。”

“很好。”逸势话刚说完，点点头又再加上一句，“很好。”

一副扬扬得意的模样。突然，又换成严肃的神情。

“有一件事，能不能告诉我？空海——”

“何事？”

“我很在意一件事，却至今故意不问你。”

“何事？”

“空海，你懂得女人的滋味吗？”

逸势一说完，空海就很开心地发出“格格”的笑声。

“好好地回答！”

“我认为那是好滋味。”

“好滋味？”

“嗯，好滋味。女人啊……”空海答道。

高高的天空和杂沓的街道——空海昂起头来，两者都不看，茫茫的视线落在另外一方。

空海感觉到异国的喧嚣、嘈杂，有如宇宙的音乐般，把自己的肉体整个包裹了起来。

那音乐，让空海完全沉醉了。

【二】

马上送别。

空海和橘逸势依照大唐习俗，折下杨柳枝卷起来，赠别远行者。

长安之东，灞桥边，是送别者和远行者互道珍重之处。

出长安后，送别者和远行者各自骑马来到此处。

此时，大家已知道最澄等所搭乘的第二艘遣唐船平安抵达大唐了。

众人在春野上，春风中骑马来到此地，皆默默不语。

只见一片黄土的野外，至今已经开始萌发出绿色嫩芽。

甘草和蘩蒌之类，在这遥远的异国之野，似乎也是最早萌生绿芽的。

早春的气息充满道路。

空海不时策马靠近永忠所乘的马车，短暂交谈。

“已是春天了。”

空海骑着马和沉默不语的逸势并行，如此嘟囔一句。

行至浐水，渡过浐桥，终于来到灞桥。

众人都是同甘共苦的旅伴，出发前无不抱着“可能会死在海上”的觉悟，才向异国出发。

四船出发，二船沉没于海。

大家饱尝艰辛，方得生还来到目的地的异国，今日却要离别了。

昨夜，虽然道尽千言万语，每个人的心中却似乎还有话未说完。

然而，却也不知还要诉说些什么。说得出来的，尽是些不断重复的短句。

“一路顺风！”

“平安无事！”

如此的短句当中，真是百感交集。对归去者而言，赌命的船旅正等在前方，那可不是保证一定平安返抵日本的归程。

临别依依，藤原葛野麻吕靠近空海的马匹，低声说道：

“空海！此次多亏你的才能，帮了不少忙。”又加一句，“千万活着归来啊！”

不待空海回答，葛野麻吕已经转过身子。

临别之际，几乎所有人都是泪流满面。

葛野麻吕背对着空海，是不愿让他看到自己落泪。

只有逸势和空海并未落泪。爱说话的逸势，今日也是静默无语。

一行人就此出发。

灞桥上的马蹄声、车声渐渐远去。走过灞桥，往东前去，道途连绵不断。那道路到底有多远呢？送别者空海和逸势了然于心。因为他们也是经由那条道路而来的。

路途虽远，路的尽头又是什么呢？两人也知道。

比起长安的华丽，此地像是穷乡僻壤，但尽头彼方正是日本的京城。

那是故乡。

一行人渐行渐远，最后连声音也听不到了。

空海和逸势的前方，绿色的灞水悠悠地流着。

对岸的杨柳树刚冒出的新芽，笼罩在朦胧的绿意中。

此时，更让人感觉春天已经来了。

一行人的踪影终于消失在原野那一方时，直盯着那儿看的逸势喃喃自语：“那庸官，终于走了吗……”

话到一半，逸势的肩膀开始抽动，眼睛流出泪水，哽咽着啜泣起来。

只有空海并未流下眼泪。

空海把马停在逸势后方，默默望着天边，等他哭个够。

到处，皆是曼陀罗啊！

空海的眼神，好似如此诉说着。

【三】

碰到那汉子，是在归途。

空海和逸势慢条斯理地策马缓行。

“空海！”骑在马上的逸势叫了一声。

“何事？”空海直视着前方答道。

“我啊，舒畅多了！”

逸势的神情，就如他自己所言，一派轻松舒畅，完全看不出方才呜咽的模样，好似甩掉什么包袱一般。

“不过，空海！你这人啊，实在太奇妙了。”逸势的口吻，好似有何不满般。

“什么地方奇妙？”空海依旧注视着前方答道。

走过浐水，已经可以看到对面的长乐坡。

坡道左右，并列着好几家可以拂去旅人风尘的茶亭。

“你为何不哭呢？”逸势问。

“为何呢？”空海事不关己地回答。

“是你的事。不要像在说别人的事一般。”

“说得也是。”

“正是这说法！这说法，就像是别人的事一般。”

“真是伤脑筋。”

“呆子！伤脑筋的人是我才对。”

“逸势干吗伤脑筋？”

“因为被你看到了。”

“看到什么？”

“不要问，空海。我很懊恼啊！”

“因为被看到流泪而懊恼吗？”

“这件事，不要再说了。”

“先说出来的，不是逸势吗？”

被空海如此一说，逸势语塞。

“空海！总而言之，我舒畅多了。”逸势说道。

“嗯。”

“很舒畅——这件事，很重要哦。”

“嗯。”空海漠不关心地回答。

空海在马上放眼望向远方，一直注视着远方。他仿佛在呼吸着天地之间广阔之气。

两人如此走到长乐坡之时。

“喂——”突然听到有人在喊叫。

不过，空海和逸势刚开始都不认为是在叫自己。

继续前进时，那声音又叫起来：

“喂——”是个很粗野的男人声音。

空海和逸势把马停下来。一看，有个汉子坐在道路右方大岩石上。

“哦——”看到那汉子，空海忍不住叫出来。

那是个令人着迷、高大魁梧的汉子。

汉子屁股底下的岩石相当巨大，汉子的体重看似和岩石不相上下，或许还更重些。

满脸胡须，蓬乱的头发，看不出到底是发还是髯。

被阳光晒得黝黑的脸上，满是油垢和尘埃。

不知是否听到空海的惊叹声，汉子厚厚的嘴唇露出微笑。出人意表的洁白牙齿从唇间露了出来。

身上所穿的衣物褴褛不堪，不知何时曾洗过，根本看不出原本的颜色。倒是那口白牙，非常显眼。年龄约莫与空海相近，或许更年轻些。

“有何贵干呢？”空海说道。

“有钱吗？”汉子坐在岩石上问道。

“有啊！”空海漫不经心地回答。

“喂，那样说，好吗？”逸势在马上如此警告空海。

盗匪——逸势只差没说出口而已，空海却已完全明白逸势所要传达的意思。

“如此人来人往之处，不至于有盗匪出没吧！”空海断然回答。

这些谈话，当然传到了汉子耳朵里。

不过，空海和逸势是以日语交谈，汉子不可能明白其意。

那汉子依旧微笑。不是带有恶意的笑，给人一种格外亲切的感觉。

光是走过他面前就可闻到恶臭的不修边幅，若是重新装扮，洗洗澡，换套好衣服，只怕走到妓院，女人们都不肯放他走呢。

“有多少？”汉子问道。

“相当多。”

“当真？”

"当然不假。"

空海的回答原本就是事实，毕竟是带着二十年的生活费来的。

不仅如此。因为不只是要取得密法而已，经典及佛具也必须带一些回去。

经典，还得靠抄经。抄经，总不能自己一个字一个字慢慢抄，那就太浪费宝贵的时间。雇人来抄经，才是最上策。因此，也得花钱。

那金额，不会是区区之数。这些，空海都是有备而来的。

"雇我吧！"汉子对空海说。

"雇你？"空海反问。

"对，雇我。"汉子坦率地回答。

"空海——"逸势做出"不要理他，走吧"的表情。

不过，空海依然从马背上俯视那汉子。

"我坐在这里，喊住好多来往的人，却没人搭理我。"

"为何要受雇呢？"空海问道。

"那还用问？当然是没钱啊！"汉子说道。

"原来如此。"空海不禁笑了出来。

"你不是唐人吧？"

"看得出来？"

"啊！唐语说得如此好，真令人惊讶！我看不出来。只是方才听你和同伴谈话，那不是唐语——"汉子伸出粗壮的食指，在鼻子下方搔痒。那鼻子笔直又高挺。

"你也不是唐人？"

"半对半错。"

"哦！怎么回事？"

“我出生在天竺。父母双方，一方是天竺人，一方是唐人——”

“那么，你会说天竺话？”空海问道。

汉子的嘴里霎时叽里咕噜说出另一种语言。语毕，又露出洁白的牙齿。

“原来如此。不过，雇不雇你，还要看你到底会做什么。”空海道。

“令人惊讶！你为何懂天竺话呢？”

“只懂一点点。”

逸势在马上用手指戳一下空海肩膀问：

“那汉子，说些什么呢？”

逸势不知不觉中已对那汉子产生兴趣。他也不是全无唐语素养就来到此地的。

最近，已渐渐习惯唐音，在和妓女交谈中，只要不是很艰涩的会话，总也听得懂、说得出来。

因此，最初空海和汉子的谈话内容，他还听得懂。但那汉子开始说天竺话时，就不知两人谈些什么。

“他说，他能说天竺话，听过他说的天竺话后，希望我下决心雇他——”空海说道。

空海又转向那汉子：

“会讲天竺话是很好。不过，你到底需要多少钱？”

“多少都行。由你决定就可以，只有两个条件。首先，一定得让我吃饱，人家吃剩的食物也无所谓。我食量很大，一看也知道。”

“另一个呢？”

“我要在长安找人。”

“找人？”

“闲暇时，我想去找个人……”

“找谁？”

“我也不知道。原本应该知道才对，半个月前，遭到强盗——”

“强盗？”

“我睡觉时，有个家伙摸了我的怀里。惊醒后，和他们打了起来。打倒一个时，另一个拿着圆木棍，从我后脑打下去。”

“是吗？”

“两人都被我抓起来，交给衙役了。不过，后脑被如此一敲，到底要找谁，却想不起来——”

“为何要找人呢？”

“这也忘了。既然会忘记，应该也不是什么大不了的事，很奇怪却一直惦记着。”

“只是找人，当然没问题。不过，更重要的是告诉我，你能够做什么呢？”

“这个……”汉子将粗壮的手指伸到乱蓬蓬的头发里，把头皮抓得“咯吱咯吱”地响，接着嘟囔一句，“我啊，很壮！”

“看来确实是很壮，到底有多壮呢？”

“我曾有一次赤手空拳打死一只老虎。”

“赤手空拳？”

“曾有两次，用棍子打死老虎。虽然不是什么愉快的事——”

“不过，空口说白话，小孩也会啊！”

“说得也是。”

“好吧。”

那汉子喃喃自语，立刻站起来。一站立起来，更可以清楚地看到他的身体有多高大。

骑在马上的空海，说话时的视线和他几乎是等高。

“看吧！”

汉子一说完话，就站在方才坐的那块巨大岩石前。他毫不犹豫地蹲了下去，用双手环抱起那块巨岩。汉子的体重和那块巨岩的重量似乎不相上下。

霎时，汉子全身充满力量，肩膀和手腕的肌肉像肉瘤般隆起。

“喝！”汉子从喉咙中发出短短的一声。

瞬间，一动也不动。然而，不动也只是那瞬间而已，那块巨岩突然动起来了。感觉像看到了奇迹。

“唔！”

那块巨岩，被举到汉子腹部。

“就是这样。”

汉子说话时，腹部“咕噜咕噜”作响。突然一个踉跄，“咚”一声，巨岩发出响声落在地上。然后，汉子整个人瘫坐在那里。

“不要紧吗？”

汉子对空海露出微笑。

“若是平时，我可以举得比头还高，现在肚子确实太饿了——”

汉子说话时，腹部还在发出响声。

“要不要雇用我呢？”汉子问道。

那汉子好像已经动不了，盘腿坐在地上，抬头对着空海微笑。

第四章　胡玉楼

【一】

空海住在西明寺。

二月二十一日。

藤原葛野麻吕等离开长安已有十一日。

空海独自伫立于西明寺的庭院里，吹着午后的风。空海四周，牡丹花苞已然成形，有如幼儿的拳头般向上伸展。

阳光照射在红色的花苞上，闪闪发亮。刚刚爆开略呈红色的嫩芽，不久之后，应该可以长成出色的绿叶，好陪衬牡丹。

在长安，西明寺可是数一数二观赏牡丹的胜地。

由于西明寺牡丹的绽放比其他地方略迟，繁花盛开时，花朵比观赏者还多。

空海在庭院里慢慢走着，偶尔停下脚步注视牡丹花枝，伸手轻轻地扶着枝叶。宛如有一朵看不见的花，长在枝头上。空海的动作——好像是温柔地抚摸着那朵花。

空海一边信步走着，一边露出苦笑，因为他想起了橘逸势今早的模样。

逸势大清早心情非常好，一碰到空海，便愉快地说："今日哦，空海。"那声音显得兴高采烈。

空海当然明白其意。

他指的就是葛野麻吕返回日本前一天，空海和逸势所约定的事。在西明寺安顿后，相偕至有胡姬的妓院。

今日将履行约定。

"你那样做，可以知道些什么吗？"

空海后方传来声音。回首一看，一个高大汉子站在空海身后。那汉子满面胡须，比空海足足高了一个头，不仅高大，且身体结实得有如铜墙铁壁。

令人瞠目结舌的巨大身躯！

"大猴！"空海说。

"大猴"是这汉子的名字。

十一日前，送别藤原葛野麻吕一行人至灞桥，在归途的长乐坡所遇到的汉子。那汉子问空海和逸势是否愿意雇用他。空海果真雇用他了。

"我身子很魁梧，大家都叫我大猴。"空海问汉子名字时，汉子如此回答。

猴属于猿类。因此，大猴即是大猿。

那汉子——大猴，如今与空海、逸势同住于西明寺。

"知道？"空海问大猴。

"因为你把手放于花苞上，好像在观察什么似的。"大猴被雇用以来，言词态度恭敬了许多。

"原来是此事。"

“是。”

“当然可以知道许多事。”空海说道。

“知道什么事呢？”

“这是什么花枝，正在盼望绽放花朵，等等，这些都可以知道。”

“连这种事也能知道？”

“嗯。有时知道，有时不知道。因时因地而异。”

“是吗？”大猴走到空海身旁。

两人一并立，大猴显得更高大。

“汲水的工作呢？”空海问道。

“做完了。”大猴答道。

虽然满面胡须，但仔细一看，他年龄和空海差不多，好像还更年轻一些。

比起初见面之时，目前的大猴实在体面太多了。

蓬乱的头发往后束起来，衣服也洗过，满是尘埃污垢的黝黑脸上，已经不会有污秽的感觉。是个意想不到的俊俏汉子。

“今日午后，你说那边可以休息——”

所谓“那边”，指的是学习梵语。

空海不仅跟着般若三藏，也跟着大猴学习天竺话——梵语。

“说了。”空海迈开脚步答道。大猴跟在后头。

今日午后，因为要和逸势到平康坊的妓院，只得暂停梵语学习。

原本也可以带大猴去，这样在妓院也还能学梵语，但空海知道逸势不愿意，只得作罢。

空海决定雇用大猴时，逸势曾问：“这样好吗？”

“当然好。”空海答，“他不似恶人之相。我本来就想在长安雇个可以帮我做种种琐事的人。况且这汉子还有其他用处。”

“其他用处？”

“语言啊！”

原来，空海希望大猴教会自己日常梵语。不仅在西明寺，外出时也同行，如此即可学会日常梵语。

“梵语该如何说呢？”

行至大街，眼所见、心所念之事物，一问大猴，大猴立刻能回答。无法启齿问般若三藏的，诸如男女闺房之事、女性的私处等，也都可以问大猴。

空海询问这些事时，尽可能不以唐语，而是以梵语问，让他以梵语答。

“当真可以如此吗？”大猴问。

“何事呢？”空海反问。

“如此就有饭吃，当真可以吗？”大猴用粗壮手指在头上搔抓。

其实，大猴的工作不仅是教空海梵语，还有诸如汲水、搬柴，甚至还得照顾寺里的马匹。

因此，不只是空海，西明寺里的其他僧人也觉得会说梵语的大猴很管用。

空海住进西明寺之前，时常去拜访永忠。

空海确实具有不可思议的才华，很快就能掳获人心。

他并非谄媚，或投人之所好，而是不知不觉间就能掳获人心，获得信赖。未住进西明寺之前，不仅是永忠，其他僧人也都希望他早些搬过来。

不过，无论空海的本领如何高明，突然带着一名奇怪的汉子要住进寺里，却也很难获准。

正因为大猴会梵语，才得以住进寺内。

大猴就住在寺里藏经阁后头的马厩，自己随便找个可以睡觉的空处，就在那儿起居。

虽说是寺庙，也养着替僧人拉车的牛马。大猴也深知如何照顾牛马。

结果，目前暂时决定，大猴的三餐由寺里供应，空海则是付钱给他。

“无所谓吧。”空海说道。

“既然空海先生说无所谓，我也无所谓。”大猴爽朗地回答。

“嗯。”

“反正昨日也自由了一整日。”大猴说。

事先约定——空闲的时候，大猴可以自由出外。昨日正好是空闲日。

“因为是约定嘛！”

空海话一说完，大猴厚厚的嘴唇露齿微笑。

他一笑，竟有说不出的逗人喜欢的感觉。

说是要找人，大猴能做的，只是在人群中闲逛。往人多的地方走去，等着自己要找的人发现自己——这是大猴找人的方法。

走在人群中，大猴的身体显得更魁梧。由于醒目，这个方法似乎还不错。

“你真是个不可思议的人！竟然愿意雇用像我这样的人。天竺话也是在不知不觉中就学会了。和你在一起，真是愉快。”

“是吗？”

“若需要打架，随时可以叫我。”大猴话一说完，转身就走。

走了数步，又回过头对着空海，不好意思地抓抓头，突然有些粗鲁地冒出一句：“我喜欢你。”说完，转身又走了。

这次没再回头。

空海嘴角泛起一抹微笑。

返回房内，逸势已在等待。

“时候到了，空海！”逸势说。说话的声调，比空海还紧张。

“嗯。”空海轻松地回答，坐在逸势对面。

空海座位的左方，有个窗子。从窗子，可以看到牡丹庭院。逸势默默盯着空海看。

“空海啊！当真可以吗？”逸势问道。

今日，说好要前往平康坊妓院。

“不可以吗？”

“你是和尚啊！”

“当和尚之前，我可也是个男人哦。”

“如今是和尚。”

“如今也还是男人。”说完，空海就笑了。

逸势多半担心着空海的情况。

“我独自前往，如何都无所谓，今日和你同行，总觉得很不安。”他看来很紧张。

“你真是个很善良的人啊！逸势——”空海说道。

“啧。”逸势感觉不好玩地咂了一下舌，“替你担心，真是不划算。”

逸势说完后，望着天花板，视线又在房内四处扫视一巡。这是永忠在长安三十年所住的屋子。

“啊！永忠和尚跟葛野麻吕现在不知在何处？”

“八成抵达了洛阳，目前不是继续前行，就是在洛阳吧！”

“嗯。”逸势答道，感慨万千地望着房内，再落寞呢喃，“三十年呀……”

“嗯。”

“空海！永忠和尚是否也曾想到妓院嫖妓呢？”

“想吧！”空海淡淡地答道。

“何以见得？”

“永忠大人也是个男人啊！”

“你说话过于坦白，缺少情趣。”

“妓女不喜欢吗？”空海笑道。

逸势摇摇头，一副莫可奈何的模样，接着往前探出身子说：

“对了，空海，最近有个奇怪的传言，听说了吗？”

“传言？”

“听说有人在朱雀大街到处立牌子——”

“原来是那件事——”空海说道。

从空海的语气听来，他也知道那件事。

事情是这样的。

这一个多月来——就是德宗死后，每隔几日，就有人在朱雀大街上竖起一块牌子，上面写着：

“德宗驾崩，后即李诵。”

意思非常明白。

“德宗死后，李诵接着也要死了。”

牌子上即是此意。

李诵——当今的顺宗皇帝。

谁也不知到底何人立下这牌子。

一发现这牌子，卫士立刻赶到，把这牌子取走。

不过，就算被拿走，不到数日，朱雀大街某处，又会竖起相同的牌子。这样的事情，已经发生过好几回了。

只有那牌子被发现而已。

左右金吾卫的卫士，夜里一再巡视，一直监视着整条朱雀大街，却毫无结果。所以无论如何警戒，牌子照样立了起来。

逸势所指正是此事。

“若是那件事，倒有耳闻。”空海说道。

“不过，你不知道昨夜发生的事吧。”

“昨夜？”

“嗯。有个卫士终于发现那个竖牌子的人了。”

“当真？！”

“不。不是一个卫士。正确地说是三个卫士。其中两人已死，如今只能说一人。”

“是吗？”空海初次耳闻。

“听说是方才从青龙寺回来的志明打听来的。”

“怎么回事呢？”

“那三名金吾卫官员，昨夜骑马巡视朱雀大街时，凑巧碰到那个立牌子的人。”

“唔。”

“是半夜过后。三人骑马顺着朱雀大街往南巡视，在永崇坊和靖安坊之间的大街附近。”

据说，正当他们来到那附近，看到前方有一个人影。

是背影。好像是男人，是个体格高大结实的男人。

月夜。

那人优哉游哉地从北往南，走在夜晚的朱雀大街上。

仔细一看，那人右肩上不知扛着何物。

是块牌子。

“喂！”一名卫士骑马追上前去，从后方叫他。

那人却置之不理。

“喂！停下来。”再次叫他。

那人依旧不理。

卫士骑马超越，在他前方回转马头，停下来，挡住那人去路。

“往哪儿走？”卫士喊道。

夜间不准任何人走在坊间之外。

那人照样不理。

当马匹接近时，那人突然举起左手。“噗”一声，左手往前一挥，正打在马额上。

马匹的额骨立刻往内凹陷，双眼迸出，鼻子嘴巴血流不止，横倒了下去。

骑马的卫士一脚被压夹在地面和马身之间。

“这小子！”

“这家伙！”

另外两名卫士立刻从马背上挥剑朝那人砍了过去。

那人一躲而过，随即用手中木牌把马上的卫士横扫落地。倒地的卫士刚想站起来时，那人拔腿踩在他的胸部。

卫士的胸骨断裂，那人的脚深陷在胸腔里。

“嘿！”

另一名卫士也要站起来时，那人的脚再度由上往下踩，一脚把卫士的整个头颅给踩碎了。就那样，那人扛着牌子扬长而去。

“听说，今早在兰陵坊西门发现了那牌子。”

“委实可怕啊！”

“结果，只有被马匹压倒的那名卫士生还。这些事，都是他回去后报告的。”

“唔。”

“总觉得长安似乎要发生什么事了。”逸势说道。

“哎！无论何处的都城、朝廷都会发生这种事。”空海说道。

“夜里外出，碰上这种事真是不愉快。”

“那，夜里不外出不就好了？”

“话虽如此——”逸势说到这里，突然斜着头，“对了，大猴那家伙，昨日好像一直都出门在外。”

“昨日是他自由的好日子。”

“不过，回来得相当晚了吧。我没看到他回来。但一大早起来，他已经在寺里。不知跑到哪里去，夜里或一大早才回来的吧。”

“八成如此。”空海说道。

“那人真是能吃啊！”逸势好像想起什么似的。

“嗯。”

“第一次最吓人，对不对？”

“的确如此。”空海答道。

遇到大猴的那一天，空海把举起巨岩后因饥饿而瘫坐在地上的大猴带回长乐坡的住处用餐。大猴的食量让人面面相觑。

一整只鸡、三人份的青菜炒肉、五碗汤、七颗鸡蛋，其间还吃下了三大盘饭。

看来好像还吃得下，只是因为客气方才停了下来。

逸势所指的，正是此事。

“坦白说，对于那男子，我还替他担心过一阵子呢。”

“是吗？”

“你雇用他是可以，但该怎么向西明寺说明呢？结果，空海，你当时的处置，真是令我大吃一惊。”

“呵呵。”空海朝着逸势微笑。

空海很乐于看到他人对自己的才华露出惊讶的神情。

当时，空海首先做的就是整顿大猴那一身装扮。他在宿舍烧水让他洗个澡，整理发须，换了套衣服。然后，请人准备纸、墨和笔，挥笔写下：

此人名大猴，谙天竺语。吾人来此而得结识者。其血统半为汉人，半属天竺。因思习佛法，能持天竺语即更近释尊之教，兹为学习天竺语，乃召唤大猴，自洛至京。为此，或将延迟二月方抵长安。如其来访，值逢吾人外出，恳请就便惠留至吾人归来之日。

空海写下大意如此之文，文章简明易懂，不愧是善于笔墨之人。

文末，署名“日本国留学僧沙门空海”。

空海将此文用另一张纸包起来，叫大猴带着。

“你带着这个，先单独到西明寺去。”空海说，语毕，又加了一句，“不，在这之前，先到宣阳坊鸿胪寺跑一趟。”

所谓“鸿胪寺”，虽有一个“寺”字，却是个官署，专司照料外国使者的种种事宜。也称“鸿胪馆”，空海和逸势曾在那里暂住。

“首先，到那里去问：‘从日本来的使者当中，是否有个僧人叫空海？我想和这人见面。’对方就会说在西明寺。然后，再去西明寺。”

“那，到了西明寺以后，该如何——”

“问题在此。到了西明寺后，不要用唐语，一开始就只讲天竺语。用天竺语说，想见空海，因为到过宣阳坊的鸿胪寺，那里的人告诉你空海在这里。”

“只讲天竺语？”

“是的。然后把这信拿出来。之后就会有能言天竺语的人出来。虽说能言天竺语，可不似你能言唐语般流畅，多半只是些生硬的句子。应该是寿海会出来吧！因为这人的天竺语最好。”

“然后——”

“大概会请你进入屋内。对于能讲天竺语的人，不至于冷漠对待。寿海或其他会讲天竺语的僧人，一定会来招呼你。”

“嗯。”

“之后，你就如此询问。”

“如何问？”

“不知寺里是否藏有《阿毗达摩俱舍论》[1]呢？若答有，就说请容在下拜读——”

“然后呢？”

“西明寺当然不可能没有这部经书。肯定是回答‘有’。”

---

1 以下简称《俱舍论》。

“嗯。”

“然后，就问这部《俱舍论》是旧译呢还是玄奘的新译。答案也一定是两种都有。”

“接着该如何？”

“就说，那么请容在下拜读玄奘的译本。”

“哦！”

“提到《俱舍论》，应该不致遭到拒绝。此刻，对方必定开始对你感兴趣。光是想知道你到底有何企图，就不可能拒绝了。”

“……”

“然后，当你在翻阅《俱舍论》时，得好好掌握时间。”

“时间？”

“对，一直读到响起第一声暮鼓为止。你就合上《俱舍论》，再煞有介事地叹一口气。”空海说道。

空海的眼里浮现出愉快的笑意。

“叹气后呢？又该如何？空海。”问的是逸势。

“接着，就问一句。”

“问什么？”逸势问道。

“至此，开始使用唐语。以唐语如此问——”

“如何问？”

“我认为世亲[1]不止一人，而是两人，有位那烂陀寺出身的学问僧也如此认为，不知你们对此作何见解？——就这样问。”

“结果会如何呢？”

1 《俱舍论》的著者。

“对方会很困惑。”

“困惑？何故呢？”逸势问道。

“说明起来有些复杂，总之就是会困惑。说不定也可能会笑出来。”

“所以才问何故呢。”

“《俱舍论》是一部记载着宇宙之事的庞大经书。一般人，穷尽一辈子的时间，都不知能否写出来。”

“……”

“然而，听说世亲的著作不仅如此。从《俱舍论》到《大乘成业论》《唯识二十论》《唯识三十颂》，还有《摄大乘论释》等其他无数的唯识论作。而且，还是在近百年之间——”

“嗯嗯——”

逸势对除了《俱舍论》外，空海所举的书论都不清楚。

“因此，才问世亲是否有两人。”

“当真有如此说法吗？”逸势问道。

“没有。”空海干脆地说道。

“既然没有，为何还问？”

“所以啊！让对方困惑。因为一个不像和尚，而且到西明寺后又只说天竺语的人，最后竟突然问这种问题。”

“……”

“他们一定会非常困惑。虽然这只是我临时想出来的点子，但或许是事实。因为连我自己都觉得困惑。世亲有两人的根据，还有许多。和尚之类的人，向来爱面子，也非常喜爱讲这类八卦。所以他们不能说不知道。再说，若是顺利的话，这新论或许会受西明寺注目，我们可以因此而提升地位——”

“你真厉害。”

“让对方困惑，结果会怎样？”逸势说道。

“然后我就归来了。”空海开心地笑道。

“接下来呢？”

“知道原委后，我就低头赔罪。”

“哦？”

“此人所言之事，仅是在下的狂想，在下信口说出这些事，并拿那烂陀丛林出身的学问僧当证据，其实都是戏言罢了。因为在下想把此人叫到长安来，跟他学习天竺语，所以把脑中所思所想告诉此人。不过，世亲之事，连我自己也觉得此说过于轻率，所以才将责任推到那烂陀丛林的学问僧身上……”

“如此又如何？”

“事情应该可以了结了。”

“那为什么要大猴一开始就讲天竺语？”

“这样对方才会感到惊讶啊。另外，若是讲唐语，在我还未出现时，被东问西问，也挺麻烦。”

“不过，空海——”

“一定可以成功的。”

结果，逸势今日在空海房间叹道：

“果真成功了！”

“话又说回来，就是今日啰。”逸势看着空海。

“嗯。”空海答道。

“不许逃！”逸势说。

【二】

空海和逸势隔着垆迎面而坐。两人在一个小房间内，地面铺设木板，木板上再铺着垫子，两人坐在上面。

灯火，朦朦胧胧地照着房内。

空海和逸势身旁，各坐着身穿胡衣的年轻女子。

那是胡女。即使在昏暗灯火下，也可以看出她们的蓝色眸子。

“胡玉楼”。

这是空海和逸势所在的平康坊妓院名称。如同店名中的“胡”字，这里有许多胡姬。

不仅是胡姬，房内的家具也多是胡人之物。地板上铺着波斯绒缎。墙上挂着的画来自西域。所用的壶也来自西域。

不过，在这种地方，所有物品未必全都是来自西域。因为价钱太贵，唯恐会被盗或被损坏。

空海认为，不管是画还是壶，半数以上都是唐制的赝品。然而，至少，胡姬是真物，垆上淡绿色的琉璃杯，看来也是真的。

琉璃——亦即玻璃。酒，则是西域的葡萄酒。

这大概是高级妓院。

“空海！第一次得去高级妓院才行。”

逸势就把空海带到这家店来了。这家店看来并非逸势所熟识的妓院。为了今晚，逸势好像早就锁定此店为目标。

空海一旁是胡姬玉莲，逸势身旁则是牡丹。

玉莲年二十二三岁，牡丹则在二十岁左右。

胡姬牡丹露出两只白嫩的手，把葡萄酒倒入杯内，逸势拿起酒杯啜了一口。

灯火的光影映照到垆上的琉璃杯，葡萄酒的颜色有说不出的美。琉璃杯飘溢着说不出的酒香味。

“这可是长安哦。空海——”逸势好像完全陶醉在这气氛当中。

空海带着笑意，同样啜了一口酒，身上仍是僧衣袈裟。

“如此好吗？空海，这身装扮——”逸势踏入房门前，还用日语如此对空海嘀咕着，如今看来什么都无所谓了。

“玉莲姐，这人当真是和尚？”逸势旁边的牡丹向玉莲问道。

“当真。”回答的是逸势。

“是吗？”玉莲问一旁的空海。

“对。”空海答道。

“何处的和尚？”

“西明寺的空海。”空海满不在乎地说道。

“喂！空海——”逸势慌张地喊道，“这身打扮，到这种地方来，连西明寺都说出来，不完了吗？”

“无所谓。”空海说道。

空海和逸势时而以不惯听到的异国语言交谈，玉莲和牡丹甚感兴趣。

“好像不是大唐人，不知从何处而来？”玉莲问道。

“倭国。”空海说道。

“倭国？”

“很遥远的东海之上，日出之国的倭国。”

“海？我不曾见过大海。”玉莲一边说，一边又以左手替空海斟上葡萄酒。

仔细端详，玉莲从一开始就只有左手在动，右手好像不能动。

“怎么了？”空海发觉后问道，“右手不便吗？”

“嗯——”玉莲暧昧地颔首。

“玉莲姐的右手，两个月前开始不能动了。”牡丹说。

“是吗？”空海看着玉莲的右手，“若是方便，请容在下一看。”

空海一说完，玉莲以左手握着右手，局促不安地伸出来。空海握起她的右手。

“嗯。”

从肩膀以下，整只白嫩的手都露出来。空海以双手好像推拿般从下而上抚摩着。

“是否有被触摸的知觉呢？”

“没有。好像不是自己的手一般。”

“若是被触摸的部位有知觉时，告诉我。”空海慢慢往上抚摩。

“啊！此处。从此处开始有知觉了。”玉莲说道。

那是接近腋下的部位。

“痛吗？”

“还好，只是有时会如刺骨般剧痛。”

“一开始，整只手就如此吗？”

“最初，只有手背。之后，渐渐往手腕蔓延，就变成这样——”玉莲一本正经地说。

“哦。”

“治得好吗？”

“也许治得好。”

“当真？”玉莲高声叫道。

“喂。空海。不妥吧！说那些话——”逸势说道。

“应该可以治好。”空海边握着玉莲的手，边对牡丹说道，“是否可以帮忙准备些东西呢？”

“好，好好。”牡丹也变得很郑重其事。

“毛笔、砚台、墨，还有水。”

“纸呢？”

“纸也要。然后，生肉——嗯，只要是生肉都可以。鱼肉也行。还要针，拿一根针来。”

“明白。”牡丹站起来。

“其他的，就用这房间内的东西吧。”

随着“啪嗒啪嗒”的脚步声，牡丹的身影不见了。不久之后，东西都拿来了。

“很好。”空海说着，就把水倒入砚台，开始磨墨，又向逸势说，“逸势，可以帮忙吗？”

“嗯。”

“把这根针拿到灯火上烤一烤。”

“哦。”

虽然不知有何作用，逸势对空海即将进行的事非常感兴趣。他把针放在火上烤着。

“烤到透红为止，烤红后即可。然后，不要把针放下，就拿着。”

“知道了。”

不久，墨磨好了。

“针借我一下。”空海以右手指尖抓住那根针，并向玉莲说，“把右手伸出来。”

玉莲用左手握着右手，伸出中指。

“会有些痛。”

简短一句话后，空海握着玉莲的中指，将针轻轻地刺进指甲之间。

“啊，好痛。”玉莲叫出声时，针已经拔起来。指甲间的血逐渐在指尖膨胀。

“没问题。手伸过来。”空海抓起玉莲的手，对着牡丹说，“把玉莲姐的右手袖按住，不要滑下来。”

“是。”牡丹绕过垆，走到玉莲身旁，照空海的话按住右手袖。

“对。如此即可。”

空海说着，以左手压住玉莲的右手，右手握着毛笔。

笔尖蘸了一下方才磨好的墨。

“做什么呢，空海？”逸势问道。

“看着！逸势——”

空海右手握笔，开始写字。写在玉莲的右手臂上，正好在肩膀周围。

空海的笔，飞快地在玉莲雪白的肌肤上滑动。

文字宛如有生命般，从笔尖一个一个地诞生。

空海手上边写，嘴巴边念念有词。

手臂上的肌肤，从内侧到外侧全部埋在文字之中。

书写的范围，渐渐扩延到手肘。

手肘之后，笔已经移到了手背。

“写些什么呢？”逸势问道。

“《般若心经》呀。”空海说道。

原来空海在玉莲的右手上写下了《般若心经》。

终于，连手背也写满，空海对逸势说道：

“逸势！把琉璃杯内的酒喝尽。”

“哦。好。”逸势就把杯中的葡萄酒一饮而尽，“然后呢？”

“把拿来的生羊肉切一切，放进杯内。约指尖的量就够了。”空海说道。

空海的手，还在动。笔，还在玉莲的手掌上疾书。

委实是不可思议的光景！

大唐妓院的房内，由东西两方而来的异国人，在昏暗灯火之下，正在进行着这奇妙的行为。

况且，其中一人，是和妓院不相称的僧人。

“放进去了。”逸势说道。

“好。拿过来。”

空海语毕，逸势弯着腰走到他身旁。此时，空海在玉莲的右手上写满了字。最后，只剩五根手指而已。

“好了吗，逸势？”空海说道。

“唔。”

“把杯子放在玉莲右手中指下面，好接住滴下来的血。”

方才，被空海用针刺了一下的指甲，有一滴血快滴下来了。

“明白。”

逸势右手拿着琉璃杯子，左手抓着玉莲的中指。

此时，空海把玉莲的拇指写满字，接着是食指。

食指，也写满了。

接着，是小指。小指写完。

然后，是无名指。无名指，也写满了。

现在，只剩中指。

“就要到最后时刻了。”空海说道。

逸势一个劲儿地吞口水，吞得啧啧作响。

空海要开始在中指上写字了。

是《般若心经》最后的部分：“揭谛揭谛，波罗揭谛，波罗僧揭谛，菩提萨婆诃。”

从指根往指尖，密密麻麻写满了这些句子。

《般若心经》最后那个“经”字，写在中指指甲的尖端。

“哇——”逸势低声叫起来，“空海，你看——”

空海仅是默默颔首。

玉莲中指的尖端——指甲滴出的鲜血中，有个黑黑的物体在蠕动着。

玉莲和牡丹都吓得面无血色，一句话也说不出来。

从指甲间穿出来的黑色物体，依旧在血里蠕动着。那是长着许多黑黑小小的毛的触手，类似蜘蛛的触手，但不是蜘蛛。

“虫！”

现出原形后，那虫渐渐大了起来。

逸势说此话时，从玉莲的指尖爬出一只不曾见过的黑色小虫，总共有十二只脚。

这只虫突然从玉莲的指尖飞向琉璃杯里的生肉。

“啊！”

逸势险些将杯子甩开，空海急忙接住，将它放在垆上。再将砚台盖在杯子上，不让虫逃走。

玉莲双手握在胸前，瞠目结舌，盯着杯子看。

“看吧，可以动了。”空海说道。

“可以动？”玉莲说道。

“右手啊。”

“啊？！”玉莲说着，猛然放开双手，开心地说，“可以动了，真的可以动了。”

“玉莲姐。”牡丹握着玉莲的手。

“空海哟。”逸势低头对着已经盘腿而坐的空海说道，“你真是一个厉害的人啊！”

【三】

“那是饿虫！”

重新摆筵，空海说道。玉莲靠在盘腿而坐的空海身边，左手挽着空海的手腕，以一种陶醉的眼神盯着空海看。

“饿虫？”逸势问道。

“不知大唐如何称呼此虫？”

“到底是何种虫呢？”

“不是一般的虫。”

“唔。”

“那种虫，看起来像一只，其实不止一只。”

“什么？！”

“是由许多小小的虫结合成那只大虫。”

“哦——”

"一只会分裂成两只，两只会分裂成四只，四只又会分裂成八只，八只会分裂成十六只……"

"无止境吗？"

"对。如此的一种虫。"

"嗯。"

"无论如何小，它的形状都是一样的。"

"当真？"

"原本，这是一种到处都有的虫。"

"如何说？"

"这房内、房外，可以说无一处不存在。"

"如何说？"

"其实，我也不知道那到底是虫，还是其他的什么物体，每次看到的模样都不一样，每一只却又都一样。"

"唔。"逸势拿起杯子却忘了喝酒，只顾倾耳聆听。已经快到半夜时分了。

"那似乎是感应到人的执念，而在人体内凝结而生出的虫。"

"人的执念？"

"对。"空海说着，把视线转向玉莲，问道，"玉莲姐，约莫两个月前，你曾经为人所怨恨吗？"

"怨恨？"

"会让人生出这种虫的，大抵说来是女人。"

"女人？"

"不是一般的女人，跟方士或道士有交情的女人。"

"啊！"

空海说到此时，牡丹突然叫出来。

“如此说来，就是丽香姐啊！”牡丹说道。

“丽香？”询问的人是逸势。

“对。丽香姐会恨玉莲姐，丝毫不足为怪。”

“嗯。”空海发出愉快的声音，问道，“什么事呢？”

“丽香姐的恩客里，有一位名叫刘云樵的人——”

牡丹说到此时，玉莲斥责道：“牡丹呀！”

“说出来比较好。告诉空海先生，往后也好有个防范。”

“往后？”

“若是丽香姐真要对玉莲姐不利啊！虽然现在虫已经被抓出来，往后也许还会再生出来。”

她说的可是实情。玉莲好似还想说什么，结果欲言又止，似乎也有所觉悟，只要自己不说，让牡丹去说就无所谓了。

“刘云樵是金吾卫的卫士，经常来我们胡玉楼。可能不是他自己的银子，不知有什么好运道而来的银子。否则不可能经常来。”

“……”

“这胡玉楼，和另一间妓院雅风楼是连栋的，里头其实都相同。不过，各有各的入口。到雅风楼的客人，找的对象是大唐女子；胡玉楼的客人，则是来找我们这般的胡人。不过，生意繁忙时，也会相互调度，表面上，大致如此。”

牡丹盯着空海说道。

“刘云樵最初是雅风楼的客人，是丽香的熟客。”

“然后——”

“有段时间，刘云樵突然不来了。”

“床头金尽？”逸势说道。

“好像并非如此。后来，大概又筹措到钱，去年年底又开始来，有一次碰巧丽香姐有别的客人，刘云樵就找玉莲姐。”

牡丹的口气宛如已跟空海两人很熟悉一般。

“从那以后，刘云樵好像很中意玉莲姐，从此就只找玉莲姐——”

“所以，丽香——”逸势说道。

“光是如此，也不能确认就是丽香所为啊！”空海说道。

“不过，方才不也提到吗，有熟识的方士或道士。”

“丽香有吗？”

“有！”

“唔。”

“必定是那方士或道士，教她什么恶毒的符咒，才让玉莲姐变成这般模样。”

“倒也未必。”

“嗯？”

“即使不使咒，若有特别恶念的人，仅是念力，就可致人如此。”

“那当然就是丽香啊！”

“何故？”

“那女人曾经用很恶毒的眼神瞪着上楼梯的玉莲姐看。”

“委实是一个可怕的女人。”

“是啊！”牡丹如此一说，把视线转向玉莲，“玉莲姐——”

“何事？！”

“干脆把那事也说开来吧？”牡丹说道。

“干脆？！难不成还有什么吗？”逸势问道。

“是啊，听玉莲姐说，刘云樵最近怪怪的。”

“如何怪？”

“听说就是那个原因，才让他有段时间不来。虽然他又开始来，但还是怪怪的。对不对，玉莲姐？”

“是，是是。”被牡丹一问，玉莲暧昧地颔首。

“如何怪呢？”空海问道。

“听说刘云樵的宅邸有妖怪作祟。”

“妖怪作祟？”

“听说是妖猫在作祟。”

“妖猫？”

“现在，刘云樵也不知该如何是好，连妻子都被妖怪夺走了——”

“被妖怪夺走？”逸势提高声音问道。是难以置信的声音。

“不仅如此，那只妖猫好像还能预卜未来。”牡丹说，接着压低声音，“听玉莲姐说，那只妖猫还能预知德宗皇帝的死期——”

“岂有此事？”逸势置于桌上的手充满力道。

“无论如何，妖猫都不离开，因此，他找上了青龙寺帮忙。”

牡丹容颜开朗地说出这样的话来。

第五章　猫屋宇宙问答

【一】

刘云樵宅邸所在的光德坊，位于西明寺所在的延康坊北侧。

空海和橘逸势走在光德坊里。

四周洋溢着春天的气息。

熙来攘往的男男女女，服饰装扮也显得光鲜亮丽。每个人都踏着轻快的脚步。

空海走在前头，逸势稍稍落后。走着走着，两人之间的距离渐渐拉开。

空海只是如常走着，逸势却老是跟不上。

逸势一发现，赶紧加快脚步，两人方才并肩而行。但不知不觉当中，逸势又落后了。

看来，空海即将前往的地方，逸势并不想去。他一副提不起劲的模样，所以，不自觉地就落在后头了。

“喂，空海——”逸势从后头叫住空海，问道，“当真要去？”

“去啊。”空海答道。

所谓“去啊”，就是要去刘云樵的宅邸。两人正朝刘云樵宅邸的方向走去。

“我们并没通知对方，对不对？”

“没通知。”空海冷淡地回答，头也不回地又说，“没通知才好。”

“你又说些我不懂的事。”逸势追赶过来，和空海并肩而行，“其实，即使你不去，明日青龙寺也会派人去啊！”

“所以，今日要赶紧去。”

“不过，金吾卫卫士的宅邸，事先未通知，不请自来。听说主人又不在家，如此贸然前往……何况，又是一个有问题的屋子。”

“如果那宅子真是传言中那般的话，事到如今，又有什么好在意的？”

“不过，未免太冒失了？”

“如此才好啊！逸势。”

“此话如何说呢？”

“因此才能见到实情。”

“有对策吗？”

“没有。”空海回答得倒干脆。

逸势叹一口气。他又有些落后了。

“啧。”逸势咂舌一声后，突然好似有所觉悟，走到空海身旁说，“总之，不要和金吾卫起纷争。”

“明白了。”空海答道。

空海和逸势昨夜听到刘云樵的事，地点是在胡玉楼这家妓院。

空海从妓女口中听说刘云樵家的妖猫。

向他提起这些事的，是妓女玉莲和牡丹。

这名寻芳客——金吾卫刘云樵，被妖猫附身。正确说来，被妖猫附身的应是刘云樵之妻春琴。

去年八月，妖猫突然来到刘云樵宅邸，还以人话说了各种谜般的事情。

刘云樵银子用尽，它就告诉他哪里有银子，甚至翌日的天气也能预知。果真皆如它所言。照它所言去挖掘庭院某处，果然也挖出了银子。

不过，相当令人畏惧。

最后，竟然说出要刘云樵的妻子春琴这样的话来。

无论它所预知的天气如何准确，如何告知银子所在之处，也无法答应此要求；不过，却也不敢断然拒绝。

刘云樵左思右想后，跑去找道士来收妖，未料道士竟为此丧命。

因此，春琴成为妖猫的禁脔。

如此之后，某日妖猫竟预告德宗皇帝之死期。结果，如它所料，德宗皇帝死了。

刘云樵忍无可忍，终于向金吾卫的同僚全盘托出一切怪事。十多日前说的。

如此说来，刘云樵近来变得怪怪的，倒也不难理解。于是，同僚的数名卫士相约至刘宅一探究竟。

当然，刘云樵随行同往。不过，宅内不见人影。

“春琴——”

刘云樵呼唤着妻子的名字，也无人应答。

最近，刘云樵不是到友人家，就是到别的女人处过夜，并不知道家中到底变成何种模样。

进屋一看，杯盘狼藉，吃剩的食物仍留在碗盘上。盘子里，甚至还有开始干枯的鼠尸。

整个屋子，飘荡着一股食物的腐败气味。

不过，岂止刘云樵的妻子，连猫影也未见。卫士们只得归去。

刘云樵因心生恐惧不愿留在家中，也随众人离去。

二日后，卫士们相偕再来。屋内依旧不见人影。

翌日，卫士们又来，还是不见人影。

“不知他妻子和哪来的野男人私奔了，他不愿说实话，才如此装神弄鬼。”最后，卫士们做此结论。

结果，刘只能久违多日后单独回家探看。

傍晚时刻，家里仍然不像有人。刘云樵稍稍安心。

其实，妻子春琴和妖猫就此离去，永远都不要回来，倒也是一件好事。

如此想着，突然从后头传来声音。

“你……”女人的声音。

刘云樵回头一看，“哎呀”一声叫出来。

妻子春琴不知何时出现，伫立在后方暗处。

“死啦……”另一个声音。是那妖猫的声音。

刘云樵定睛一看，那只黑猫就盘踞在妻子春琴的头上，用绿色的瞳孔睥睨着刘云樵。

“不是德宗啦。那男人已死了——”妖猫咧开血盆大口，好似在奸笑般，“还有个把月……”猫喃喃自语，“嗯。大概一个月吧！就要死啰。”

“谁？谁要死了？！”

“金吾卫的卫士刘云樵——就是你啦。”猫说道。

“哇——”

刘云樵大叫一声后，掉头就从家中落荒而逃。

二日前，通过朋友引见，刘云樵找上了青龙寺的和尚商量对策。

归途中，他出现在和胡玉楼连栋的雅风楼。几杯酒下肚，就把妖猫的事一五一十讲给玉莲听。

昨日，空海和逸势才从玉莲口中听说此事。

“后天，不知青龙寺的哪位和尚，要到刘宅一探究竟。”玉莲说道。

后天——也就是明日了。

“空海，妥当吗？”逸势说道。

“何事呢？”

“此次的妖怪可不比上回的勺子精。”

“是不一样。”

“也许镇压不住。”

“对。也许镇压不住。”

“喂、喂。”逸势严肃地叫道，“不要随意就附和。空海！我不希望你如此回答——”

“该如何回答呢？”

“该说‘没问题。全看我！’”

“没问题。全看我！”空海说道。

“我要生气了。空海！”

“不必生气。”

“我真的生气了。我是真心为你担心。也许是一个厉害的对手，也许会卷入德宗皇帝之死的纠葛当中。”

“我明白。”

“看不出明白的模样。”

“唔。”

“你的模样，好像要去观赏什么奇珍异兽。”逸势一说完，空海放声大笑。

“厉害啊！逸势。正是如此，你能够看透人心——”空海说道。

“啪！”逸势以脚尖踢着小石子，一副不耐烦的神情。

“逸势——”空海对着一个劲儿踢石子的逸势叫道。

“何事，空海？”逸势的声音中透露着微微的怒气。

“抵达刘云樵宅邸前，有些事情要告诉你。”空海表情严肃。

“嗯。”

“若是无法遵守我所说的，逸势或许不要进入屋内，在外头等着比较好。”

“何故？”

“正如你所言，此次的妖怪，相当厉害。”

“喂喂，不要威胁我。空海——”

“我说的是实情。”

“明白。空海！总之，先说来我听听。能否遵守，之后再回答。若是无法遵守，我就老老实实在外头等。”

“你听好，逸势——”空海说道。

“嗯。”

“我们前往云樵宅邸，会在那里碰到妖怪——”

“嗯。”

“那妖怪必定会说得天花乱坠。但是，绝对不可答腔。”

“为何？”

“不可相信妖怪所言。全当它是假的。”

“何故？”

“若是照实回答妖怪所说的话，不知不觉间就会中咒而被附身。”

“因此，得把妖怪的话都当成假的——”

“对。”

“明白了。当成假的即可。”逸势答道。

空海瞥了一下逸势，又说：

“不。逸势！我的说法不妥当，不必认真地把妖怪的话都当成假的——”

“什么？”

“怎么说呢？总之，若是认真地把妖怪的话都当成假的，对妖怪而言，如同完全相信它一般——”

“咦？”

“若是你全然当成假的，它也可以将计就计，让你中咒。”

“是你说要把它当成假的呀！空海。”

“嗯——该如何说呢？”

“这句话应该是我说的。”

“总之，妖怪也可能说真话。不，或许真话比较多。因此，一不留神就全信了，可是它突然说了假话，你也会因为前头说的全是真的，连假话也相信了——”

“……”

“比方说吧，有人去调查你的族谱，知道父亲是何人、母亲是何人、两人出生于何地——”

“嗯。”

“但那人与你初次见面。”

“嗯。”

“那人突然如此道出：逸势先生，令尊何许人、令堂是何许人，对否？”

“嗯。”

“两人出生于何处，令尊某某云云。其实，告诉你的这些事，都是经过调查得知的——”

“嗯。”

“你必定大为惊讶。”

“是呀。”

“之后，那人开始说假话。追溯到你所不详的远祖家谱，说在古代你的祖先是统治着某处的某氏——”

“嗯。”

“如此一来，常人都会必信无疑——”

“我明白你的意思，空海。不过，也有不明白之处。”

“何处不明白呢？”

“既是如此，我该怎么办呢？”

“说得也是。”

“既不可相信，也不可当它是假的……真叫人左右为难——”

“把妖怪所说的全当作一阵风即可——”

“风？”

“嗯。当作一阵风，非假也非真。风就是风——”

“好，明白。当作一阵风即可。”

“你办得到吗？”

“大概办得到。”

“方才所说的事，千万记住！不可回答妖怪的话。妖怪就由我一人来对付——”

“明白了。不过，若碰到非答不可时——简单说就是妖怪问我时，又当如何呢？若是一直不回答、不回答，照你的说法，可也行不通啊！”

“正是。”

“此时应当如何？”

“有个好计谋。若是万不得已，非答不可时，就如此说。”

“如何说？”

“如何呢，空海？”空海模仿逸势的语气说道。

“好。明白。”逸势回答。

“哦！那好像就是刘云樵的宅邸。”空海说道。

空海和逸势伫立在刘宅前。

四周环绕着围墙，正面有个门，门扉半掩着。

仰头一看，门檐上好像有片乌云，朦胧地盘踞着。

从门缝里看到的庭院，枯草及新长的野草到处蔓延着。

“总觉得不是什么令人心安的宅邸，空海——”逸势低声嘟囔着。

逸势也敏锐地感觉这宅邸有一股不寻常的气氛。

“要不要在此等着？”空海说道。

“不。既来之，则安之。我也要进去。”逸势说道。

“好。”

“嗯。”

空海用手将门推开。

“走吧！”

于是，空海和逸势就这样踏进了刘云樵的宅邸。

【二】

庭院里杂草丛生。

当中有一半是枯草，另一半则是从枯草之间蔓生出来的青草。

高大的槐树、木樨树伫立其间。

房舍的荫凉处，可以见到宛如柳树及夹竹桃的植物。

虽然春日的阳光灿烂地往下照射，但阳光的温度却好似传不到地面，空气中有种凉飕飕的感觉。

灿烂的阳光，在屋顶的稍高处就变了个样子，就是这种变样的阳光照落在地上。

不知从何处吹来的风，轻轻拂过肌肤。

怪的是，这风宛如带有刺刺的触感。

“这样的屋舍，不像有人住。”逸势说道。

“有人住啦。”空海答道。

“啊？”逸势转向空海。

“你看那里。”

空海以视线示意某处。逸势转头望过去。

高大的槐树下，有个女人无声无息地伫立着。年约三十，是个皮肤白皙的女人。

“有个女人……”逸势边吞口水边说道。

伫立在杂草当中的女人，头微微倾着，嫣然带笑。黑色的头发，盘得高高的。

“过去吧！”

空海说着，就踏着悠然的脚步，往草上走去。逸势跟随其后。

走到女人面前时，逸势差点惊叫出来。

“看！你看！空海——”逸势用手肘碰一下空海。

逸势想说什么，空海早已了然于胸。

有一只猫卧在女人的头上，以绿色的瞳孔凝视着空海和逸势。

看起来好像盘得高高的头发，原来是这只黑猫。

“久候大驾。”女人红唇带着微笑。

仔细一看，脸上涂着白粉，双颊上抹着胭红。看来是费了不少工夫，好好打扮了一番。

逸势感到非常惊讶，立刻猛吞口水，告诉自己：不，不要被骗！

——所谓久候大驾，没有的事。逸势要自己如此认为。

“真是失礼。”空海从容说道。

“因为昨夜才知道你们今日要来的事，光是打扮就花了很多时间，所以没能准备丰盛的酒菜——”女人说道。

“请不必如此费心。是我们不请自来的。”

空海说完此话，女人又露出微笑。

其间，女人头上那只猫一语未发，只是默默注视着空海和逸势。

“请——”

女人好似在催促空海和逸势般，自己先走在前头。

从可以闻到腐败味的玄关进入屋内，走过阴暗的木板走廊，来到一个小房间。

床上铺着垫子，上面摆着简单的酒菜。琉璃酒瓶配上琉璃杯。

琉璃盘子上，摆放着不知用什么肉和青菜一起煮的菜肴。也有小盘子和筷子。

待空海和逸势坐定后，那女人坐在两人对面的位子上。

并坐的空海和逸势的左手边，可以看到庭院和方才女人伫立的那棵槐树。

“来一杯，如何呢？”女人拿起瓶子，伸向空海。

“请微量即可。”空海说着，握着酒杯，放在女人前面的垫子上。

女人把酒斟到琉璃杯内，是葡萄酒。

“您如何呢？”空海的酒杯斟毕，女人看着逸势说道。

“如何呢，空海？”逸势瞥了空海一眼说道。

“稍喝些，无妨。”空海说道。

逸势默默把酒杯往前摆。斟毕，女人又朝自己的酒杯倒酒。

三人拿起酒——葡萄酒——啜饮一下。三人都只是轻轻触一下嘴唇而已。如此，仪式结束了。

“唐语说得真好。”女人轻启湿润的红色嘴唇说道。

“是。”

“倭国也有如此的酒吗？”女人问道。

所谓唐语、所谓倭国，看来女人早已知道空海和逸势从日本而来。

“没有。”空海答道。

“听说空海先生和逸势先生书法造诣相当高明。”女人徐徐说道。

女人的含意，明显是在告诉两人“连你们的名字我都知道”。

“无足挂齿。被贵国的人如此说，只觉得汗颜。”

“您太谦虚了！”女人黑溜溜的眼睛紧看着空海。

女人头上的黑猫依然未发一语，只是一动也不动地卧在那里。

听起来像普通对话，其实不普通，宛如进入异样的世界。

“不知您今日为何来访？”女人问道。

“没什么事。”空海说道。

“没什么事？”

“对。只是想和您说说话才来的。”

“说些什么呢？”

“什么都好。只要能和您说话即可。”

“当真？”女人问道。女人的目光显得无神。

“当真。”空海答道。

“谈些什么好呢？”

“谈些有关宇宙的事，如何？”

“宇宙——吗？”

“对。”

空海答毕，女人露出微笑。

“空海先生，真是风趣啊！那么就来谈谈宇宙吧！”

空海和被妖怪附身的女人，就此开始一段奇妙的宇宙问答。

【三】

那真是一段奇妙的对话。

从东海小岛国而来的留学僧沙门，和刘云樵之妻、附身春琴的妖怪相互交谈着，有了这段有关宇宙种种的对话。

有时谈佛法，有时谈玄道之理。

有时空海问，妖怪答；有时妖怪问，空海答。

橘逸势只是安安静静地端坐聆听。

两人的谈话，有时合而为一，有时各说各话，话题千变万化，不知会停在何处。

譬如，当女人问道：

“空海先生，您认为世间最大之物为何呢？”

空海就答道：“言语吧！”

“何故？”

“无论多大的物体，都能以言语为它命名，也就是都能收纳在以‘名’为器之内。”

“有无法以言语命名的大物吗？”

“若是有，到底是何物？您可以说明吗？”

“无法说明。因为在我为您说明的当下，那物体就变得比言语小了。”

“正因为如此，所以我认为世间最大之物当属言语。”

“那么，空海先生，您认为世间最小之物为何？”女人问道。

“那也是言语吧！”空海答。

“为何？”

“无论多小的物体，都能以言语为它命名，也能以言语向人示意。”

“即使以言语命名，是否有能从言语这细网溜过之物呢？”

“若是有，到底是何物呢？您可以说明吗？”

“无法说明。因为在我为您用言语这细网捞起来的途中，那物体就变得比言语大了。”

“正因为如此，所以我认为世间最小之物为言语。”

又譬如，空海问女人：

“美和丑，是否存在于世间呢？”

“不存在。”女人答道。

“何故？”

“因为这不过是人类特属的言语之一。要非人类特属的言语，也就是能够表现天道的言语，才可能存在于世间。”

“所谓能够表现天道的言语，所指为何呢？”

“首先，就是数字。另外，有坚硬、柔软、冷、热等，还有用法精准的大或小。”

“能否说明？”

“人类特属的言语，不具普遍性。诸如美、丑，即是如此。喜爱、厌恶，也是其中之一。”

“能否进一步说明？”

“譬如：两块石头相比较时，哪块硬？哪块软？哪块大？哪块小？无论是人类，还是虫兽，答案必定都相同。总而言之，坚硬、柔软、大、小等言语，不正是表达天道？”

“请继续说明。”

“两朵花比较，有人会说这朵比较美，也有人会说这朵不美，因为美是不具天道的言语。若是具天道的言语，应该是这花有四瓣，那花有五瓣；这花是白色，那花是红色等这种表现。譬如：两朵花比美时，有人会说这朵美，有人会说那朵美。答案因人而异，若是虫兽，也能回答美丑的问题，其答案必定和人类又不相同吧！或者所谓美丑的问答，根本就不存在于它们当中。”

“美和丑，当真不存在于宇宙吗？”

“不存在。宇宙之间，不存在着这种言语。若是有的话，那也不存在于宇宙，而是存在于每个人的心里。”

诸如此类的对话，就这般无穷无尽地持续下去。

【四】

如此的对话持续一阵子之后，“呵、呵、呵”的低笑声在整个房间内响起。原来是女人头上那只黑猫在笑。

“真是一个风趣的人啊，空海！”

那只猫张开血盆大口，说着人话。

“许久不曾如此畅谈。”

那只猫露出洁白而光亮的锐牙说道。

“如何呢？”猫——妖怪说道。

“何来如何呢？”

“让我如此畅快，我想回报一下。”

“回报？”

“让你抱这女人。”

“妥当吗？”

“妥当。”

“不过，我想婉拒。”

“她可是一个风情万种的女人。叫声好，又会扭屁股。”

“很遗憾。”

“厌恶女人吗？”

“因为我是一个为佛法而生的沙门。”

“你这和尚，亏你还说得出来。”

“呵、呵、呵。”妖怪笑着。

“喂，空海。”妖怪说道，“该说出真正目的了吧！”

“真正目的？”

“为何来此呢？”

“为谈论宇宙而来——”

“就此归去吗？”

“希望能就此平安地归去——”

空海若无其事地说道，突然从屋顶传来响声。整个屋子的梁柱发出断裂声，天摇地动。

“若不让你归去呢？”

“是啊！该如何呢——”

瞬间，断裂声停了，也不再天摇地动了。

逸势看似魂飞魄散，脸色发青。

女人和空海，还有妖怪，依然毫不在乎地坐着。

“真是不好对付啊！空海——”

妖怪伸出血红的舌头，舔了一下唇。

“如尊下这般的人，仅为谈天说地而来，实在无法令人信服。就此让尊下归去，我会一整夜都思索着‘尊下到底为何而来’的问题。一夜想不出来，第二夜再想；第二夜想不出来，我就如此这般持续苦思下去。”妖怪说道，“而无论再怎样思索，大概依然不会明白吧。”

“是吗？”

“于是，我就得焦急地等待——尊下到底何时再来？若是演变成如此，尊下打算再来吗？”

“你说呢？”

“啊！空海。彼此就省下这些麻烦事。让我思索个三日五日却仍然不知道的事，你现下就说开吧！”妖怪说道。

“方才说过要有所回报。”

“是呀！是说过。”

“若想回报，我问你的事，能否回答一二呢？”

“说说看。”

“为何知道我们今日会来造访呢？”空海问道。

“我有天眼通。”妖怪说道。

天眼通，即是佛所持的六神通之一，具有看透远方事物的能力。

“虽然我身在此地，却能够知道某人在某处做某事。无论是天竺，还是倭国，一点都不费力。若想试试看，我就来看看你的家人吧——”

“我妹妹住在倭国赞岐，你可知道她正在做何事吗？”空海说道。

一阵沉默。“哈、哈、哈。”妖怪扬起笑声。

“不必诓骗我，空海，你哪来的妹妹呢？”

“确实有本事。我想试试你的虚实，果真厉害。”

“这次饶了你。接着想问何事？”

“你的事。你到底是何方神圣？”

“我吗？”妖怪说道，“其实，没什么好隐瞒。我正是你们所谓的弥勒菩萨。此处的刘云樵，利用卫士的身份到处敲诈银子，坏事做尽，特地来给他一些教训。”妖怪一改声调，声音变得像女人般。

“从兜率天[1]来此，乘何而来？”

“什么都不乘。凭着意志力而来。”妖怪说道。

1　梵语，为六欲天第四，在须弥山顶十方由旬之上。有七宝宫殿，无量诸天居住于此。有内外二院，内院住着弥勒菩萨。

“住在须弥山顶的无量诸天，每年从下界捡一粒芥子，现在堆积多高了呢？”

“不要试我，空海。根本没那回事。”妖怪说道，又恢复原来的声调。

“你到底是何方神圣？”空海再度问道。

“别问了，别问了，空海。不必白费心机。尊下若不相信我所言，我如何回答都一样。”

“确实如此。”空海说道。

“说重点吧！”妖怪说道。

“那么，猫大王，你能预知明日之事吗？”

“明日？”

“青龙寺不是有谁要来吗？”

空海话到一半，妖怪又发出低低的笑声。

“呵、呵、呵。”充满愉悦的声音。

“这事嘛，当然知道。哦！空海。尊下真正的目标是青龙寺啊！”妖怪说道。话毕，又是一阵大笑。

【五】

“其实，空海——”逸势叫道。

归途中，已是日落西山。

“我还是无法相信，真能平安从那屋子里走出来。”

对逸势的话，空海平静的脸上露出微笑。

“不过，真的走出来了。”

“你很容易就让人喜欢你。不仅是人，连妖怪也是。”

“嗯。”

“你早就成竹在胸吗？”

“何事？”

“说‘要谈论宇宙之事’。”

“临时想出来的。”

“虽是空海临时想出来的，妖怪却很开心。”

“我也觉得很有趣。不过，不知妖怪的底细，仍然不可大意……”空海低声说道。

“但是，空海，这样妥当吗？”逸势说道。

“何事？”

“方才之事。”

“方才之事？”

“青龙寺之事。”

“原来是那事。”

“当真要和青龙寺竞争吗？”

“是。”空海答道。

空海仰首望天。

那是绵延至宇宙的长安的青空。

第六章　作　祟

【一】

空海躺在木板床上，仰天闭目。

虽然闭上双眼，却不是在睡觉。枕着手，宛如是在倾听风声。

从窗外射进来的阳光，将槐树的枝影摇摇晃晃地投在空海身上。

空海闭目享受着光影在嘴角、脖颈上摇晃的乐趣。

一旁的橘逸势背对着墙，双手交错。

此时正是午后，阳光摇晃在逸势的指尖上。

“嗯嗯……”

逸势从方才开始就不断自喉咙发出低低的声音。

“哎呀！空海——”

逸势再也按捺不住，忍不住高声叫道。

“何事，逸势？”空海依然闭目答道。

“到底会如何呢？”

“何事呀？”

“刘云樵宅邸的妖怪呀。”逸势不耐烦地说。

“会如何呢？”空海低声说道。一副事不关己的模样。

“你呀，还真沉得住气。”逸势双手再度交错，俯视空海说道，“青龙寺的人今日就要去了。若是早晨出门，此刻不是应该有结果了吗？”

“应该是吧！”空海回答。感觉相当冷淡。

“因为你那般的说法，直至此刻，我仍是心惊胆战。昨日你所说那番话，可是当真？”逸势问道。

逸势所谓“昨日你所说那番话”，指空海在刘云樵宅邸对妖怪所说的那番话。

昨日，空海一提到青龙寺，妖怪——附身在刘云樵的妻子身上——就乐不可支地笑着。

空海进一步问妖怪：

“你可知道青龙寺为何要派人来此？”

“一探传言的虚实吧！”

“所谓传言？”

“俺预知德宗之死的传言。此事若不假——总之，这宅邸若真有能做此预言的妖怪，青龙寺绝对无法坐视不管——”

“大概吧。”

“无非想来降伏俺吧。”

“降伏得了吗？”

空海一问，妖怪又呵呵大笑。

“你的问题委实有趣！空海——”

被妖怪附身的女人睥睨着空海。

“总之，大概很难降伏你吧！”空海说道。

"哦——"妖怪意味深长地应了一声，"何故呢？"

"一开始不可能是由惠果师父出马吧！"

"嗯。"

"来人应该具有某种程度的法力，不过，也仅是某种程度而已。"

"嗯。"

"结果大概是青龙寺打退堂鼓吧。"

空海一说此话，"嘿、嘿、嘿。"妖怪的喉咙深处便发出低沉笑声。

"然后呢？"

"若是青龙寺无法降伏，接下来，可能就由我来！"

"尊下会来降伏俺吗？"

"会。"

空海一回答，对方忍不住放声大笑。

"沙门尊下！您讲出的言辞委实令人惊讶万分啊！"

"呵！呵！呵！"

妖怪一阵狂笑后，向空海问道：

"尊下的目的，原来是想胜过青龙寺一筹？"

空海默默不语，只是静静地微笑。

"也罢。"妖怪说道，"今日到此为止，趁俺心意未变之前，速速归去吧！"

"恭敬不如从命。"

"让您活命归去哟。"

"是。"

"让您活命归去，是我对您的回报，许久未曾如此畅谈了。"妖怪说道。

刘云樵的妻子依照倭国的礼俗，双手扶在地板上，低头致意道：“请两位就此告退。”

“是。”

于是，空海催促逸势告别了刘云樵宅邸。

“那时，它说让我们活命回去，我虽然安心许多，却还是十分害怕。”

逸势重新交错双手说道。

“空海。那时我当真认为只要妖怪想做，它确实有能力杀了我们。”

“是吗？”

“空海。当时若是妖怪改变心意，杀得了我们吗？”

“可能吧！”空海答得很干脆。

空海睁开眼睛，和逸势四目相视而笑。

“别说得那么干脆，我是想让你说，没那回事的。”

“不过，仅就杀死这事而论，逸势啊！就是你，也一样可以杀死我啊！只要举起你那把大刀，往我身上一刺就行啦。”

“我说的，不是用大刀杀死，而是用法术——”

“死就是死，用大刀、用法术，不都是死吗？”

“话虽如此——”逸势一副无法信服的模样，却欲言又止，双手交错，沉默不语，然后，叹息一声，“空海，今日，若是青龙寺方面无法降妖，又将如何呢？”

“你说呢？”空海背靠墙壁，双腿盘坐。

“你说事情若演变成这样，就要亲自出马了。”

“是说过。”

“当真吗？”

“半真半假。”

“半真半假？”

“事情多半会演变成如此吧！”空海自言自语。

“你有胜算吗？昨日谈话时，整个屋子山摇地动。若非你在身边，我必定逃之夭夭。”

“那事啊？”

“正是。它若使个法术，让屋子倒塌，连你都活不成——”

“屋子不会倒。”

“哦？”

“逸势啊。目前，我最想不通的是妖怪的目的何在。”

“目的？”

“到底有何打算？如此装神弄鬼。”

“……”

“若是想施咒置德宗皇帝于死地，用不着故意预言，或者附身刘云樵妻子啊！”

“话虽如此，不过，对方是妖怪——”

“妖怪又如何呢？”

“不。总之——”逸势一时语塞，接着又说道，“因为是妖怪，会有出乎我们意料之举吧！”

“嗯。”空海点头说道，“因为是妖怪，所以会有出乎意料之举。或许正是如此。”空海又点头。

“不过，会如何呢？青龙寺和妖怪——”

"不必急，逸势。稍待一会儿，就见分晓了。"

"稍待一会儿？"

"对，稍待一会儿。"空海说着，又仰卧在床上。

空海所谓"稍待一会儿"，就在黄昏时分。

黄昏一到，有人来到西明寺空海房内。

【二】

"空海先生——"

当窗外传来喊叫声时，宛如溶在颜料中的火红斜阳正从窗子照射进来，把整片墙壁都染得通红。

"哦。"空海一边回答，一边起身。

"大猴的声音？"逸势放开交错的双手，往窗外看去。

那个蓬发丛生的大汉露出满脸笑容。

"可以进去吗？"大猴问道。

"啊！快进来，把所见之事说来听一听。"

空海话一说完，大猴的脸从窗子外消失。

立刻听到重重的脚步声，像熊般强壮的大猴已经进来了。

"看到了。"一进来，大猴就地盘腿而坐。

"如何呢，青龙寺？"空海问道。

逸势却对空海叫道："喂！喂！空海，到底怎么回事呢？"

"我让大猴跑一趟，看看刘云樵宅邸的状况啊！"空海说道。

逸势一副有话要说的模样，却因为对刘云樵宅邸甚感兴趣，话到嘴边又吞了下去，反而问大猴：“如何呢？”

大猴看了一下逸势，又把目光转向空海，点点头。

“一切都如空海先生所料，一大早我就在光德坊南坊门附近徘徊，果然有两名好似和尚的男人带着一名貌似金吾卫的男人走来。我尾随一阵后，三人如先生所言，进到刘云樵宅邸。”

“然后呢？”

被询问的大猴用斗大的拳头擦了一下鼻头。

“那个卫士好像就是刘云樵本人，看来非常畏怯的模样。”

“嗯。”

“刘云樵好像很不愿意进入屋内，却被强押进去。我也很想跟在后头进去。”

“进去了吗？”

“您不是说不进去也可以吗？我就在门口附近，一直等到那三个人出来。”

“等了多少时辰？”

“约一刻钟吧！或许更短些。”

“其间，是否有——譬如，屋子摇晃或震动的声音？”

“不。屋内静悄悄，未曾听到任何物体的声响。其间，曾听到男人的哀号声，可能发生了什么事，不过我并未进去。除了哀号声外，并未听到其他任何声音，虽然很想跑进去——”大猴对着空海探出身子，“正在犹豫是否要进去时，三个人就出来了。”

“平安无事吗？”

“对。刘云樵脸上堆满笑容，对着和尚不断地点头哈腰。”

“哦。”空海兴趣盎然地说道。

“空海，这不就是说，宅邸的妖怪已经被和尚降伏了吗？”逸势也探出身子说道。

“嗯、嗯。”空海脸上浮出一种说不出的快活笑容，“逸势啊！委实有趣，不是吗？”

逸势却是丈二金刚摸不着脑袋的模样。

“这事件的根源可能很深邃。逸势啊，那妖怪，看来是个非常难缠的对手。”

“我不太清楚，空海。为何根源很深邃？又为何非常难缠呢？”

逸势这些话，空海不知是否听到。

“我对这事愈来愈感兴趣了，逸势——”

空海嘴角依旧带着笑意，说道。

【三】

不知何处有人在弹奏月琴，乐声隐隐约约飘扬着。

离点灯还有些时候，空海借着外头灯光，静静地饮酒。

和空海迎面而坐的酒伴，正是橘逸势。不，应该说逸势的酒伴是空海。

此处是胡玉楼二楼，也就是妓院。

玉莲和牡丹尚未露脸。

上楼时，只有牡丹惊鸿一瞥。理应很快就和玉莲一起现身，却不见踪影。

逸势显露不满的神情，喝着琉璃杯中的葡萄酒，性急地频频叹气。

"还不来。"逸势对着门口自言自语。

"不必着急，逸势。"空海说道。

"我并不急啊！"逸势把杯子放在垆上，看了空海一眼。

"反正今夜打算就在此过一宿吧？"

空海话一说完，逸势立刻露出惊讶的眼神看着空海。

"虽然说过要在此过一宿，可是，你真要过夜吗，空海？"

"出门前说要过一宿的，不是你吗？"

"不过，你可是一个和尚啊！"

"和尚就不能过夜吗？"

"不……"逸势顿住口。

和尚进出妓院的事实，逸势当然清楚。

虽然这是僧人不宜涉足的地方，但却到处都有僧人偷偷往妓院跑，彼此心照不宣。其中，有西明寺的僧人，也有青龙寺的僧人。

不过，却没有人穿着僧衣就大摇大摆走入妓院大门。

若不是换装成一般人，就是刻意走后门，都是避人耳目地进出妓院。

空海完全不忌讳这些，一身僧人装扮从大门堂堂进入。

他不刻意隐瞒僧人身份，却也不曾特意恶行恶状惹人注目。宛如到好友家拜访，像一阵风就进去了。不过，纵使如此——也未免太招摇些了吧！逸势仍然如此暗忖。

"最好还是要有个和尚的样子吧？"逸势顿住口后，又开口说道。

"如何才像个和尚的样子？"空海问道。

"你——"逸势想回答，却又再度瞠目结舌，猛盯着空海看，却只能摇摇头，"也罢！一看到你这张脸，就觉得替你担心实在是傻子。"

逸势又举起酒杯。此时，暮鼓开始响起。

空海背后的白墙映照出红色霞光。前方窗子的对面——长安街道上，夕阳渐渐西沉。街道上的槐树，被夕阳照射出长长的影子。

“空海啊！”逸势举着酒杯道。

“何事？逸势。”空海从夕阳中把目光转向逸势。

“听说昨日又出现了。”

“那事吗？”

“嗯。”点头后，逸势把酒杯放下，压低声音说，“就是‘德宗驾崩，后即李诵’的牌子——而且，空海，听说这次就在皇宫前方附近。”

“好像如此。”

“尽发生些奇怪的事。”

“说得也是。”空海话不多，仅是点头。

“空海啊，以佛法能够破解这事吗？”

“以佛法？”

“正是。”

“不懂你的意思。”

“能否以你最拿手的佛法也好，施法力也罢，祈求不要再发生这些事。”

“办不到。”空海干脆地答道。

“办不到？”

“正是。”

“不过——”

“正因为办不到，佛法才会存在。”

“你又开始说那些让我头疼的事了。”

“没那回事。”

“你最拿手的，就是把事情说得很复杂，对不对？”

“先不管用佛法办得到或办不到，在这之前，总得先和对方碰面，然后向他讲述佛法。而所谓佛法，那很花时间的——”空海自言自语。

空海的目光不知何时已转到外头。已是日薄西山时分，红霞满天，炊烟四起。街道上蒙盖上了一层淡淡的墨色。

逸势随着空海的目光，也往窗外看去。

“真是不可思议啊！空海。”逸势喃喃自语。

他的目光望着满是晚霞的遥远天边。

“倭国京城的夕阳，我见过好几回。但初次见到长安的夕阳时，我竟非常激动。不但激动，也感慨万千，原来我竟然真的来到了这遥远的地方——”

“……”

“不过，人在不知不觉中就习惯了。”

“嗯。”

“最初我不断地惊叹长安的繁华，最近却一直想起京城的事。”

“想归去吗？”

“有时一想到还得待上二十年，就感到全身都没劲了。”

前些日子还对琉璃及垆兴奋得双眼发光的逸势，这时，竟一反常态，安静下来。

两人默默倾听暮鼓声。

不久——逸势深深叹了口气时，牡丹端着盘灯进入房内。

“来迟了，真是失礼。”牡丹一进来就以亲密口吻说道，说完才搁下盘灯。

“玉莲姐呢？”空海问道。

“正陪着一位官员。”

“官员？”逸势问道。

“姓白的官员。最近虽然常来找玉莲姐，却是一脸不开心，光是喝酒。”

“嗯。”

牡丹就坐在应了一声的空海身旁。

“上回过后，玉莲姐的身子十分舒畅。”牡丹说。

她说的上回，是指空海替玉莲抓出饿虫的事。牡丹朝空海的空杯斟满葡萄酒，又央求空海和逸势说日本话。

话到中途，空海问：“那个丽香姐如何了呢？”

丽香，正是雅风楼妓女之名，刘云樵曾经找过一阵子的妓女。

“依旧不变，许多卫士都照顾她，在雅风楼里挺有人缘。”

“哦。”空海低声回应后，又对牡丹说，“牡丹，有事相托。可否帮忙打听一下丽香姐的事呢？”

“打听？”

“嗯。”

“何事呢？”

“任何事都好。譬如：出生于何地，何种客人最多，或者兄弟家人等。”

“可以啊！不过，那人不太谈论自己的事，好像对自己的身世也不是很清楚。”

“你说过她有不少当官的客人。”

“是。”

“何种官吏最多？若能打听清楚，就十分感激。”

“好的。”

“不要让丽香姐知道有人在打听她的事。办得到吗？”

“我是一个莽莽撞撞的人，说不定会被发现，我想玉莲姐对这就很在行。”

“那么，也拜托玉莲姐。”

“好呀！我去拜托她。不过，为何——”

牡丹一问，逸势也在一旁出声问道：

“是呀！空海，为何要打听这些事呢？”

“考虑到某些事。”

“考虑何事呢？”

“之后会告诉你，现在什么都不能说。”空海话到此，又举起了酒杯。

喝了一阵子后，暮鼓声响也停了，不知不觉中，夜幕已经笼罩大地。

此时，玉莲走进房内。她虽然年岁比牡丹稍长，却极为艳丽而韵味十足。

“玉莲姐——”牡丹叫道。

牡丹移到逸势身旁，把空海身旁的位子让给玉莲坐。

“哎呀！闻到墨水味道了。”空海对着坐下的玉莲说道。

“我已经仔细洗过手了。”玉莲笑道。

“白大人又要你拿出笔墨吗？”

牡丹一问，玉莲点头。

“是啊！喝着喝着，突然就要笔要墨。”

“你们在说些什么呢，玉莲？”逸势问道。

“有位姓白的客人，有时会来找我，这位客官总是在饮酒之间，突然要我拿出笔墨来。”

“唔。”

“他不爱说话，只是静静地喝着酒，突然盯住半空中某处，就说要笔墨。”

“经常如此吗？”

“是啊！所以最近每逢白大人来时，我都在事前就准备好笔墨了。”

“要笔墨，写了些什么？”

“对。他好像想写些诗吧！不过，写得似乎并不满意。”

“哦——”空海颇感兴趣地应声，“诗吗？”

“啊！空海先生，您也写诗吗？”

对于这位不但精通唐语，连诗也感兴趣的日本和尚，玉莲感到很惊讶。

“若有兴趣，我恰巧有白大人丢弃的诗笺——”

玉莲说着，就从怀里拿出一张折叠起来的纸张。

“就是这个。”

空海接过玉莲手里的纸张。一看，字写得差强人意：

汉皇重色思倾国，

御宇多年求不得。

杨家有女初长成，

养在深闺人未识。

天生丽质难自弃，

一朝选在君王侧。

“嗯……”空海盯着纸看，喃喃自语，“真是好句！”

“空海，让我看看吧！”逸势伸出手来。

一过目后，逸势也不停点头。

“如何呢？”玉莲看看空海又看看逸势，问道。

“这诗写得真好。”逸势答道。

“可能是一首长诗，却为起首几句而犹豫不决。”空海自言自语。

“仅仅读这几句，就能知道是长诗或短诗吗？”

“嗯，知道。”空海说道，又从逸势手里拿过纸来，再次说，“真是好句子！”

“白大人看上去很懊恼。”

“起笔先懊恼一番。懊恼过后，应该就能洋洋洒洒。”

“空海。尽管如此，不愧是唐都长安，连一个默默无闻的官员，也能在这种地方写下如此好的诗——”

“……”

“长安，真是一个了不得的地方。”逸势边点头，边高声说道。

“怎么了，逸势？”空海望着逸势微笑道，“看来精神好多啦！”

“要你管！”逸势有些难为情，举起酒杯。

“日本也有诗吗？”玉莲突然问道。

“诗吗？”空海喃喃自语后，说，“有些是以汉语写出的诗——”

“日本没有诗吗？”

“有啊！在日本，诗称为‘歌’。所谓的歌，相当于大唐的诗。”

“歌？”

“有很多恋歌[1]。”空海说道。

“空海先生，您写恋歌吗？”

“不，我不写恋歌。我写的是有关宇宙的歌。”

“那么，空海先生，您不曾恋爱过。”

玉莲话尚未完，空海面带微笑答道：“有啊！”

有些过于坦率又直接的回答方式。

“那么，您了解女人的事啰？”

“我不明白你所谓了解女人的事，所指为何。若是那种美妙滋味，我是知道的。”

“美妙滋味？”

“抱着女人的身体，感到通体舒畅的美妙滋味。”

“啊——”玉莲看着空海叫出声来。

“玉莲姐！和空海说话，不知不觉会变得很奇怪，一下子就被搪塞了。这家伙，很会说些复杂的道理。”

“逸势先生经常被搪塞吗？”

“经常被瞒骗。”逸势说道。

接着，大家又谈论了一阵子有关日本的话题后，空海对玉莲说道：

“对了，玉莲姐，最近刘云樵有来此露面吗？”

“哎呀！”玉莲一被问，竟叫出声来，以不可思议的神情看着空海，“空海先生，您好像无所不知一样。刘云樵昨日才来胡玉楼。”

---

1 即情诗。

“哦——”

“神情显得相当愉快，带着很多位好友来。”

“看样子他遇上好事了。”

“对。上回向您谈起的事——”

“就是他老婆被猫附身之事！”牡丹身体前倾从旁加了一句。

“听说那只猫被降伏了。”玉莲说道。

“呵呵。”

看到空海意味深长地颔首，玉莲也倾身向前，环视众人的脸后，说道：

“听说被青龙寺的和尚所降伏。”

“听说过当场的情形吗？”

“听说过呀！他们好几次高声谈论这件事，所以大致情形——”

“能否说给我听？”

玉莲故作思索状后，点头首肯。

“好吧！因为是空海先生。况且那般高谈阔论，别人也都听到了。”

接着，玉莲就开始叙述。

“听说，三日前，刘云樵带着青龙寺的和尚返回家中……”

【四】

和刘云樵进入他家的是名唤“明智”“清智”的僧人。

三人刚要踏入屋内，刘云樵的妻子就出来到大门口迎接。

“你又要做些徒劳无功的事了。”妻子春琴说道，“随你高兴吧！”

春琴话一说完，掉头就走。

三人随后追了过去，却不见春琴的影子。

屋里屋外、庭院都找遍了，还是看不到春琴的影子。

于是，明智和清智置妥炉子，开始烧起“护摩”[1]。

施法的地点就在云樵和春琴的寝室，因为那里妖气最盛。

焚烧护摩后，两人就开始念诵起真言经。

“快停止！”从天花板传来如此喊叫声，“快停止！不要再烧护摩！不要再念真言经！”

两人不予理会，依然持续诵经。整个屋子微微嘎响，接着就是一阵大摇晃。

“哇——”

刘云樵拔腿就想往外跑，但因为地面摇晃得很厉害，两条腿不听使唤，一动也不动。

突然，天花板附近出现女人的身影，“咚”一声，原来是春琴掉落在地上。

春琴躺在地上，开始痛苦地挣扎着。

僧人依然焚烧护摩，持续念诵真言经。

刘云樵只是眼睁睁地看着痛苦万分的妻子。

“快停止！饶命啊！”

于是，明智停止诵经，询问春琴，依然痛苦挣扎的春琴如此回答：

1　梵语，指焚烧、火祭之意。以智慧之火，焚烧烦恼之柴，焚火向佛祈祷的修法方式。

“我是五年前开始藏身在这屋子里的一只猫。”

不是春琴的声音，而是嘶哑的男声。

“某日，从厨房要到很大一尾鱼，躲在床底下吃食，不知是不是鱼不新鲜，吃下不久后，胸口开始闷痛，甚至喘不过气来，非常痛苦，翌日就死在床底下了。”

“为何要在这屋子里作祟呢？”明智问道。

清智依然诵着真言经。

“已经死去五年，无人埋葬，如今只剩皮和骨，我替自己感到无限悲哀，转而怨恨这家人，才会附身作祟。”

“为何能够预言德宗皇帝驾崩？”

“以前就听说他龙体违和，最近开始恶化，才会如此预言，未料竟被我说中。”春琴流出泪水。

“若想成佛，就此端坐，双手合十，口念阿弥陀佛。”

话一说毕，痛苦万分的春琴立刻双手合十。

在阿弥陀佛声中，春琴的表情渐渐和缓，最后泪流满面，嘴角带着微笑念诵阿弥陀佛。

【五】

“那只猫如此被降伏了。”玉莲说道。

“原来如此——”

最后，钻进床底下，果然发现一具干枯得只剩皮骨的猫尸。

“于是，和尚把猫尸处理好，一切进行得非常顺利。”

“哦。”逸势不停地发出感动的声音。

“这真是有趣啊！”空海嘴边泛起一抹会心的微笑。

“玉莲姐，方才已经拜托过牡丹，另有一事是否可以相托呢？”

“何事？”

“并非什么特别之事。今后，刘云樵还会在此露面，他的神情若有怪异之处，可否告知西明寺的空海呢？”

“所谓怪异，指何事呢？”

“总之，若和平日有异，就请告知。若是模样非常怪异，立刻找人来通知我，或直接叫刘云樵到西明寺找空海。”

“喂！喂！”

空海完全不理会一旁逸势的叫声，继续说道：

“还有，这些事情千万不要被丽香姐知道。”

第七章　胡旋舞

【一】

刘云樵的心情很复杂。

他的心情不停地转变着，有时兴奋得坐立不安，有时却略显沉重。

这是妖猫被降伏的第七日夜晚。

荒废的家园已经收拾得差不多，明日起，用人就要住进来了。

最高兴的事，莫过于妻子春琴已经恢复原先的模样。

不过，春琴曾经被妖猫奸污过。

虽然不知道妖猫如何和春琴交媾，却曾听见无数次春琴几乎气绝的呻吟声。

那声音，至今依然萦绕在耳际。

现在虽然很兴奋，但一想到此事，胸口就隐隐作痛。

看样子，自己在忌妒那只猫呢。他自己也知道此事。

人类如何能嫉妒兽类呢?

不过，嫉妒就是嫉妒，也无可奈何。

七日前，从妖猫被降伏以来，尚未与春琴有过闺房之乐。

明晚起，用人就要住进来。这也意味着，两人相处的机会只剩今晚。

刘云樵心想，今晚无论如何都得和春琴温存一番。

春琴自然也接收到这心思。看来春琴也有此默契。

今早起，云樵对春琴不但轻声细语，而且非常体贴。春琴当然也感受到云樵的心思，温柔又勤快地照料着云樵。

归来后，用过餐，各自去沐浴。一切都准备妥当。之后，就等时机来到而已。

刘云樵兴奋地喝着酒。

寝室里点着灯火。床上置着托盘，托盘上摆着两只玉杯。杯子内满盛着葡萄酒。云樵已经盘腿坐在床上，一口接一口喝着酒。

床的周围，垂挂着薄薄的绢帷。

灯火映照下，烛红色的光影在绢帷上摇曳着。

透过绢帷，还在外头的春琴的身影显得极为艳丽。

不知春琴何时焚了香，整个房间融入一股令人神魂颠倒的香气。隐约中也闻到春琴惯用的白粉及胭脂味道。

春琴似乎也都张罗妥当了。方才，她还喜滋滋端着酒进来。

不过，春琴为何还不快快进来呢?

一看她，还在摸摸头发、拉拉领子。这节骨眼，尽做些对男人而言毫不打紧的事。

难不成故意让我焦急——云樵心想着。

难为情吧！云樵继之又想。

女人张罗至此，接下来男人应该发起攻势。

啜了口酒，看着映在绢帷上春琴的影子，说是不安，还不如说是欲望。

春琴这女人，该如何才能让她感到欢悦呢？

虽然不停地想着这些事，却宛如很久远的事，无论如何也想不起来。

“春琴呀！可以了。快过来——”云樵喊道。

“可是，头发还乱乱的——”

“有何不好呢？”云樵说道。

反正，待会儿不是就更乱了吗？云樵心里想着，只是没说出口。

因为，说这种话，未免太不懂女人心了。

若是平时的夫妻，也就罢了。对我们夫妇而言，今夜是一个相当特别的夜晚。

“像你这般容貌姣好的女人，头发乱些，不是更迷人？”云樵说道，“况且，头发梳理得整齐，我一怕弄乱，就不敢去抚摸你的头发——”

嗯，我还真会说话——

云樵正在暗自得意，映照在绢帷上的春琴的影子转了过来。

“当真？”春琴说道。

哎呀——

是我多心吗？云樵听这声音，为何有些沙哑呢？

是春琴太兴奋了吧？也有可能自己多心了。再听一次春琴的声音吧！

“春琴呀！过来这里——”云樵如此说道。

“你会温柔待我吗？”春琴说道。

确实恢复了原来的声音。云樵安心了。

“当然温柔啊！今夜是非常重要的夜晚！”声音中透着些许焦躁。

“我很高兴。不过，男人只是一张嘴！”

“没有的事。”

“不过，我已经有些岁数了！”

“春琴啊！三十八岁，不正是女人享乐的年龄吗？”

“但是，肌肤已经松弛，乳房也已下垂。”

“这些事，我都不觉得啊！”

未料，绢帷那头竟传来抽抽搭搭的啜泣声。春琴在哭泣。

“怎么哭了呢，春琴？”云樵说道。

“你不会杀了我吧？”春琴说道。

“当然不会呀。”

“你该不会说，日后一定会把我挖掘出来，却把我埋在土里几十年也不理我吧？”春琴开始说些莫名其妙的话，“你该不会喜欢用刀剑去刺女人的脖子吧？”

一股寒气从云樵的背脊疾穿而过。

“春琴，你今晚有些奇怪啊！”

你今晚有些奇怪啊！——才说出此话，云樵心里觉得春琴当真有些奇怪。

帷外传来衣服摩擦的声音。春琴把身上的衣物脱掉了。

她的影子映照在绢帷上，已是裸身。那影子看来怪怪的。

为何会那般瘦小？

为何那般背驼、腰弯？

“我变成老太婆后，你还爱我吗？”春琴的声音听起来非常沙哑。

“嗯、嗯——”刘云樵一边回答，一边吓得发根都竖起来了。

"会疼爱我吗？"并非春琴的声音。

突然有只满是皱纹的手伸进绢帷内侧，快速地把绢帷拉开。

竟是一个满是皱纹的裸体老太婆伫立在床边。

"哇——"刘云樵大声惊叫，从床上站了起来。

他张大嘴巴，死命地喊叫着。

【二】

三月。

长安越发有春天的气息。

槐树、榆树的绿叶也越来越多。

整个长安都城宛如被淡淡的新绿所笼罩。

水也开始变暖。

大地吸收阳光，那些阳光又宛如从大地冒出，变成一涌而出的新绿。

抹上红、绿色彩的长安，又罩上一层淡绿，显得春意盎然。

桃花开始四处绽放。

大唐王朝，在长安开花结实，这是世界史上无与伦比的绚烂果实。

从遥远的西域而来的人，足履皮靴，昂首阔步于大街之上。换成现代的说法，就是穿着法式丝质长裤的女人们，装扮艳丽地漫步在街头。

长安的左街是高官显贵的宅邸。右街是商家。

西市则在其中心。从遥远的西域，穿过塔克拉玛干沙漠的商旅，正是在西市卸下骆驼背上的货品。

这是个流动的城市。

高鼻子的男人和瞳孔蓝得令人讶异的少女，来到街头表演各式杂耍。

空海居住的西明寺所在的延康坊，就在西市附近。

最近，空海精力充沛地到处走动。

此时，祆教、景教已经传入大唐，在长安建有自己的寺庙。空海贪婪地接触这些来自西域的宗教。

空海和橘逸势在喧闹的西市中走着。

这四日来，空海每天都独自外出，许久未曾像今日和逸势一起出门。

今早，由于眼见求知欲甚强的空海每日四处走动，逸势不解地问道：

“空海，你天天外出，真有去处吗？”

逸势也有着比一般人更强的求知欲。正因为如此，才能搭上遣唐使船。

逸势也是当时日本特殊的知识分子之一。他不仅惊叹空海知识之渊博，对他更是另眼相待。

不过，对于每日频繁外出的空海，逸势另有一番想法。

逸势的脑子里强烈地留着往后还有二十年要待在大唐的心情。虽然逸势也打算为增广见闻而外出，却觉得没必要像空海那般频繁。

“对啊！逸势，最近确实经常外出。”空海事不关己般地回答。

在西明寺的庭院里，准备好外出的空海走到庭院，手搭在牡丹花上时，逸势走过来。

“今日打算前往何处？”逸势问道。

“西市。”

“不就在附近吗？”

“嗯。”空海依旧抚着牡丹花的新芽，答道。

“有事吗？”

“与人相会。”

“与人相会？”

“最近认识一位胡商。”

“胡人？”

“波斯人。”

“怎么回事？”

“这是一个有趣的人。”

“如何有趣呢？”

“他的谈话。”

“谈话？”

“有关祆教的谈话。”

“祆教？你——”

“拜火的宗教。”

交谈之间，逸势说出：“我也要去。”

因而，现在两人才会走在喧闹的西市。

有牵着一头牛到处兜售的汉人，也有手提养着活鲤鱼的水桶叫卖的人，更有就地解开骆驼背上的货品、露天叫卖起来的胡商。

这种露天商店，人特别多。

从围观的人群缝隙中窥看，才知道有卖美丽琉璃杯的，有卖绒毯的，也有卖女人耳饰的。

虽然不是第一次看到这些，逸势仍像个孩子般惊叹。继续走。

“到底要前往何处，空海？”逸势问道。

“再往前走些。”空海答道。

“喂、喂，空海。”逸势不断叫着空海，“方才，你提到的祆教，是何种宗教呢？祆教这名称，我也曾听到，只知道是一个拜火的宗教。不过，我对祆教并不是很清楚——”逸势坦率地问道。

平日，逸势不会这般坦率地向人询问自己所不知道的事情，只有和空海在一起的时候，才会这般坦率。

“即使谈论宇宙，也不动怒吗？”空海问道。

“又是宇宙吗？”

“从宇宙说起，较易了解。”

“询问的人是我，你就用最易懂的方法告诉我吧！不过——”

“如何？”

“不要骗我，空海。”

“不会骗你。”

“说给我听吧！”逸势边走边说道。

“好的。”空海如此回应，边走边仰望着蓝天，“祆教认为宇宙分成两部分。”

“两部分？”

“善和恶两部分。”

“哦。”

“宇宙的一切，都可以分为善和恶两部分。”

“怎么说呢？”

“并非我说的，这是祆教的说法。”

“嗯。”

“善神名为阿胡拉·马兹达，恶神名为安格拉·曼纽。”

“这是何种神呢？”

“善神阿胡拉·马兹达为光明之神，恶神安格拉·曼纽为黑暗之神。”

“……”

“善神阿胡拉·马兹达创造出一切的善，恶神安格拉·曼纽创造出一切的恶。”

“嗯。”

“善神阿胡拉·马兹达和恶神安格拉·曼纽带着军队相互战斗，战场即是这个宇宙，战斗的情形就成为宇宙的诸相。”

“嗯嗯。”

“祆教认为，有朝一日善神阿胡拉·马兹达一定会消灭恶神安格拉·曼纽，这个宇宙就会充满光明了。”

“嗯嗯嗯。”

“所谓的火，即是善神阿胡拉·马兹达的儿子。拜火，即是在拜善神阿胡拉·马兹达的儿子，因此可以远离邪恶，让自己光明，也就是让自己充满善良。大致如此。”

“嗯。”逸势吐了一口气，“啊！你的谈话，很难得这般简单明了。”

“是吗？”

“不过，有些明白，却也有些不明白。”

“哦？”

“所谓善和恶，到底何者为善、何者为恶呢？空海。”逸势问道。

“果真厉害！逸势。”空海说道。

“厉害什么？”

“你所提的问题确实厉害。”

“为什么？！”

“这种将宇宙分为善和恶的二分法，到底何者为善、何者为恶呢，至今尚未厘清。”

“你的密宗，又如何呢？”

“说到密宗，基本上，并未将天地诸相区分为善或恶，但有曼陀罗和法——”

“哦。”

“不用谈曼陀罗和法了吗？”

“不用。因为你会把事情愈讲愈复杂。”

空海听得扬声哈哈大笑。

“对了，空海，为何你会对祆教感兴趣呢？”

“因为火。”空海说道。

“火？”

“密宗也有以火修行的法门。”

“以火修行？”

“就是护摩。”

“如何说呢？”

“祆教的火和密宗的护摩，不知为何，好像在我的内心，不，在这宇宙之中有所联结。”

“是吗？”逸势似懂非懂地应道，“空海，这些复杂的问题，今日就此停止吧！”

“说得也是。”空海点头后，目光转向前方。

那里挤满了人，从围观的人群中传来月琴声、笛声及鼓声。

“什么事呢？”逸势眼睛闪着光芒说道，同时加快脚步。

空海略慢些跟在逸势后头。逸势从人墙中伸出头，往里头看。

围在人墙当中，有三个姑娘在跳舞。碧蓝的瞳孔，是异国姑娘。

音乐的调子和舞动的速度都相当快。和日本的雅乐比，有如风速一般。

“这是什么呢？”逸势问来到身旁的空海。

“胡旋舞。”空海答道。

“哦！”逸势扬起声音，“这就是胡旋舞啊！”

逸势曾在书籍中得知“胡旋舞”这名称。《通典》卷一有着如此记载：

“舞，急转如风，俗谓胡旋。”

与其说是大唐，不如说是西域的一种民族舞蹈。不过，逸势至今尚未目睹。

“所谓胡旋舞，我到长安一定要一睹为快。”逸势曾在抵达长安之前，屡次对空海这样说。

如今，胡旋舞就在逸势的眼前。

空海入唐时，长安的诗人白乐天有一首有关胡旋舞的乐府诗，如此写道：

胡旋女，胡旋女，
心应弦，手应鼓；
弦歌一声双袖举，

回雪飘飖转蓬舞。

左旋右转不知疲，

千匝万周无已时。

人间物类无可比，

奔车轮缓旋风迟。

“真是精彩啊，空海！”逸势说道。

“嗯。”空海在逸势身旁颔首。

“你不觉得惊奇吗？”眼看空海若无其事，逸势问道。

“当然惊奇。”

“不，你惊奇得不够。”

空海对逸势的说法报以苦笑。

“空海啊！难不成你不是第一次看到胡旋舞？”

“嗯。”空海点头答道。

“狡猾。”逸势立刻大声叫道，“你太不够朋友了，空海，我到酒楼去都会告诉你，连妓院都带你去，为何你看过胡旋舞的事却不告诉我呢？”

“对不起，我不知道你这般想看胡旋舞。”空海说道。

逸势很无趣地把舌头弄得啧啧作响。

不久，胡旋舞终于结束了。就在围观者的赞叹声中，铜钱纷飞而下。

姑娘们和一位站在姑娘后方作西域风装扮、一直双手交错观看着的男人弯下腰把钱捡起来。那男人足履长皮靴。

捡钱的姑娘当中，有一人把头微抬，看着空海。

"啊！空海先生。"碧眼姑娘露出微笑。

正在低头捡钱的男人听到声音，也抬起头来。

"空海。"男人叫道。

"啊！"空海颔首，和他们打招呼。

"空海，你认识他们呀？"逸势低声问道。

"是的。今日正是为和他们会面而来。"

空海边对逸势说道，边走向那男人。

"马哈缅都，我来引见一下。这位是一起从倭国来的橘逸势。"空海握着那人的手说道。

逸势只是张嘴发愣，傻傻地站在一旁。

【三】

"逸势。这位是胡人马哈缅都。他目前正在教我胡语和有关祆教的事情。"空海以日语对逸势如此说道。

"请多关照。"逸势立刻鞠躬，并以唐语说道。

"不必客气，逸势先生。倭国的人都像空海这般吗？我和他也没见过几次面，不知不觉中，他不但已经会夹杂着说出我们的语言，而且对祆教的火也有着独特的见解。"

"火？"

"是的。他说祆教所称的火原本就在我们的身体内部燃烧着，所谓的拜火，就是拜神，所拜的不正是自己的火吗——"他以流利的唐语说道。

看来马哈缅都对空海真的感到惊讶，从他对逸势所说的这番话中，更透露出对空海的赞叹。

“不、不，马哈缅都先生，这个人比较特别——”逸势以唐语说道。

逸势对于马哈缅都赞美空海一事，非但没有不悦的神情，反而露出微笑。

依逸势的性格，原本是很受不了别人在他面前赞美其他人的，只有空海另当别论。当空海被赞美时，逸势会有一种与有荣焉的感觉。

不久，捡完钱的三个姑娘并排站在马哈缅都身旁。

三人的年龄都在二十岁左右。

每个人都拥有高挺的鼻子、水汪汪的大眼睛，眼眉、嘴角长得相当神似。

“逸势。这三人是马哈缅都的女儿——”空海说道。

空海开始以唐语和逸势交谈。

三位姑娘听到空海的话，面露微笑，微微屈膝致意。

“我是多丽丝纳。”

“我是都露顺谷丽。”

“我是谷丽缇肯。”

三人分别报上自己的名字。长女多丽丝纳，二十一岁。次女都露顺谷丽，十九岁。三女谷丽缇肯，十七岁。

“今日，可否也说些祆教的事给逸势听呢？”空海对马哈缅都说道。

“当然可以。不过，有一件事得先告诉您。”马哈缅都盯着空海说道，又把目光转向女儿们，对女儿说，“你们先到一旁去。”

"啊！你不可以独占空海。"说此话的，是大姐多丽丝纳。

"就是嘛。"

"每次都只有爹陪着空海——"

都露顺谷丽和谷丽缇肯也附和姐姐的话。

"并非如此，我和空海有重要的事要谈。谈话时，你们可以先到一旁吗？"

马哈缅都话一说毕，女儿们翘着尖尖的小嘴唇走到一旁去。

"不知何事？"空海问道。

"昨日，和丽涵会面。有关空海经常打听的那件事，丽涵有事要我代为转告——"

"丽涵吗？何事啊？！"

"刘云樵已经发疯了——要我如此转告，您就明白了。"

"刘云樵？"

"正是。三日前，用人发现发疯的刘云樵在自己家中转来转去。"马哈缅都说道。

"不妙了！"空海咬着嘴唇说道。

"喂、喂，空海。未料在此也会听到刘云樵的名字，到底怎么回事呢？"逸势问道。

"就是方才听到的事情啊！"

"不。我想问的是——这位马哈缅都，到底有何关联？为何刘云樵的名字会出自他口中呢？"

"胡玉楼啊！"空海说道。

"什么？！"

"胡玉楼的玉莲姐引见我认识马哈缅都。因为我问她是否认识人，可以说些有关胡人的神祇给我听——”

“啊？！”逸势愈听愈糊涂了。

“方才不是听到‘丽涵’这名字吗？这个丽涵，就是玉莲姐。”空海说道，“逸势啊！你该不会认为玉莲姐的‘玉莲’就是她的本名吧？”

胡玉楼的妓女，都是胡姬。

换言之，西域来的碧眼姑娘们来此讨生活。

空海和逸势所熟识的玉莲和牡丹都是碧眼且肌肤雪白的胡姬。玉莲和牡丹的本名当然都不是汉名。“玉莲”和“牡丹”只是陪客时使用的花名而已。

空海说明后，逸势才恍然大悟。

“如此说来，马哈缅都就是丽涵——玉莲姐的友人啰。”

“应该说是她的熟客。”空海说道。

“因此，才会叫女儿们都到那头去。”

空海如此一说，逸势终于点头。

空海确知逸势已经明白事情的来龙去脉后，又转向马哈缅都。

“您是否能把方才的事说得更详细些？”

“刘云樵之事吗？”

“正是。”

“详细情形，也都是从丽涵那儿听来的。”

如此的开场白后，马哈缅都开始叙述。

刘云樵的妻子春琴被妖猫附身后，曾经一度离开的用人们于三天前又回到刘云樵的宅邸。

一进屋子，就觉得屋内不对劲。

大门口有屎尿的痕迹，一进入屋子，走廊到处也都是粪便。

那是人粪。

用人们提心吊胆地走进刘云樵的房内，发现刘云樵果然在里头。

刘云樵全身赤裸，头发全白，瘦得像个病人。

而且——

“用人发现刘云樵时，他竟然在吃自己拉出的粪便。”马哈缅都说道。

“妻子春琴应该在家才对。”

“屋内只有刘云樵，没有其他人。”

“那么，刘云樵人现在何处？”

“不知道，这未曾听说。”马哈缅都说道。

不久，空海就辞别了马哈缅都。

空海默默无语地走在杂沓的西市。跟在右侧的逸势，走着走着总是落在其后。

“喂，空海，到底要前往何处？”逸势问空海。

“平康坊。”空海说道。

“你说的平康坊，不是在前方八里处吗？”

逸势所说八里的“里”，就是平安时代日本所使用的“里”。

一里，约为七百米。

逸势对空海所说的就是——平康坊不是在前方五六千米处吗？

不过，空海并未回答，只是默默地走着。

“打算前往胡玉楼吗？”逸势问道。

因为胡玉楼位于平康坊。

“想见玉莲，听她叙述详情。”空海头也不回地继续往前走。

“怎么回事？”

“没什么。”

“不，今天的你，完全不似平日的你。平日的你，不都是慢慢走，还谈些复杂难懂的道理吗？”

“不，这才是我平日的脚力。只有和逸势一起时，才慢慢走。”

“现在难道不是和我在一起吗？和我在一起时，不是都稍微放慢脚步吗？”

“确实如你所言，我好像有些兴奋。”

“为何事而兴奋呢？”

“果然发生了如我所预料的事情。我认为刘云樵宅邸的妖怪不会那般轻易就被降伏，果真如此。”

“你确实说过这话。”

“虽然一切都照我所料进行，中间却有差池。”

“差池？”

“我过于相信自己的计策了。”

“什么计策？”

“我要刘云樵来找我的计策。”

“原来是那件事呀！”逸势点了点头。

逸势想起那件事——空海拜托玉莲和牡丹，刘云樵若有什么事，叫他到西明寺来找空海。

“我以为事情会进展得慢些，没想到现在刘云樵竟发疯了。”

“慢些？”

“嗯。附身在春琴身上的妖怪，若想对刘云樵如何，早就下手了。至今尚未下手，我认为暂无大碍。不过——”

“不过怎样？”

“对方也许只是在利用刘云樵而已。不，或许还有更大的仇恨吧！还是原本并不想让刘云樵发疯，他自己却疯了——”空海自问道，“不过，逸势啊！最重要的倒不是这件事——”

“什么事？”

“若是青龙寺当日就得知刘云樵发疯，我就比青龙寺迟了两日半。”空海说道。

“喂，等我一下！”

走在前头的空海又加快脚步，逸势边喊边追。

第八章　孔雀明王

【一】

宝殿正面有一尊黄金铸造的佛像。

那是一尊坐像，巨大的坐像。

坐像的高度，看起来约有平常人的三倍。

结跏趺坐——

双手交握。拇指握在掌中的金刚拳。

左手的金刚拳伸出食指，右手的金刚拳则握住这食指。

这是智拳印——

从这个握拳印，可以得知这佛像正是大日如来。

大日如来——密宗认为，这世界上无所不在的宇宙根本原理、真理，正是这大日如来。

梵语为Mahāvairocana，汉字则译为“摩诃毗卢遮那”。

宽敞的宝殿之中有一个台座，大日如来端坐其上。

如来所在，是朵巨大的黄金莲花座。如来佛像所映射出的黄金色，洋溢在阴暗的宝殿里。

如来像的周围，诸佛围绕，宝殿的四隅，分别是东西南北的守护尊神。

东为持国天，西为广目天，南为增长天，北为多闻天。

在阴翳映照出的黄金色光芒中，诸佛及尊神明艳地呼吸着黄金的微光。

大日如来的尊前，一位瘦弱的僧人独自端坐。

并不全因剃度所致，头上光秃秃已无一毛。是位老僧，年龄在六十岁左右，眉毛已白。白眉长得惊人，几乎盖住眼睑。柔和的眼睛周围满是细细的皱纹。虽有皱纹，肌肤却是健康的桃白色。

老僧独自端坐，既不诵经，也不做其他事，只是以柔和的眼神默默凝视着大日如来。

老僧的眼神，浮现出各种表情，随即又消失了。

宛如凝视这尊大日如来，眼前就会展现各种景色，这一幕又一幕的景色，都让老僧感到新鲜，因而浮现惊奇的表情。

老僧背后，有人走来。

“惠果师父。”那人喊道。

被唤为“惠果”的老僧转身一看，有位年约五十的僧人伫立其后。

“义明吗？”老僧惠果说道。

“正是。”

被唤为“义明”的僧人，跣足踏在闪着黑光的宝殿木板上，走到惠果的后方坐下。

惠果再次转身面向义明，身体稍微挪向一旁，斜对着义明。

可能是不好将自己的臀部正对着大日如来的一个自然动作。

义明笔直端坐，直视惠果。他的相貌端正。从他端坐的架势及端正的相貌看来，不似僧人，倒像一位凛然的武士。

“有何事？”惠果问道。

“有些事不能不向您报告——”义明说道。

“唔。”

“或许您已经耳闻，就是有关金吾卫刘云樵之事。”

“被妖猫附身那事吗？”

“果然您已经听闻。”

“不是已经派出明智和清智一探究竟吗？结果如何呢？”

“是的。虽然明智和清智说是已经顺利解决——”

“其实，并不顺利。”

“是的。”

“听说那只妖猫还能预知德宗皇帝之死。”

“是的。”

“义明，何以不早些对老衲说呢？”

“弟子原本认为这不是什么大不了的事，明智和清智应该可以降伏。”

“嗯。”

“对青龙寺而言，经常有这类降伏妖物的请求。弟子认为不需要事事禀告、事事请示惠果师父。”

“算了。这也没办法。”

“实在对不起。”

“结果如何？可否说与老衲听听——”

“是……”

于是，义明就把刘云樵和猫怪之间所发生的事情大致描述了一下。

惠果以柔和的神情聆听义明的叙述，并不断“嗯嗯”地颔首。

听完后，惠果问道：

“义明，用人何时发现失常的刘云樵的？”

“三日前近中午时分。”义明说道。

“三日前啊——”

“刘云樵委托青龙寺降伏那只猫，用人们并不知情，所以才迟迟未来通知。”

“明智和清智曾一度以为猫已经被降伏，不是吗？”

“正是。”

“到底是根本没有降伏呢，还是另有其事，以致刘云樵失常了呢？”

“刘云樵的妻子春琴行踪不明，想来必和此事脱不了干系。”

“既然是已被降伏的妖怪，又如何来附身呢？还是看起来像被降伏，实际上根本不是——”惠果话说到此，就中断了。

义明默默等待惠果再度开口。

“无论如何，这妖怪可不是泛泛之辈。”

“正是。”

“还有顺宗之事……”惠果低声喃喃。

顺宗——继德宗而即位的皇帝，亦即德宗之子李诵。

“还有路旁竖牌子的事件。”

“就是‘德宗驾崩，后即李诵’那事？”

“这事也颇令人担心。”

“老衲来日不多，却发生种种事情。”

“您又这样说……”

突然，惠果的眼神似乎看着很遥远的远方，说道：

“义明，无论是密法，还是其他事，主要都在人啊！”

停留在遥远虚空的目光，突然转向义明的脸上。

“要有人传，密法才能存在。”

“……”

“老衲所痛心的是，或许尚未找到密法的传人，老衲已经离开人世。”惠果闭上双唇，眼神又眺望着虚空，“若是如此，那也只好算了——”惠果眺望虚空，喃喃自语。

“义明，人啊！有所谓的‘器’。有与生俱来的器和因修行得来的器，器的大小、深度因人而异。在老衲的器里所装满的密法，老衲想一滴不剩倒入另一个器里，因此必须有一个和老衲一样大小的器或在老衲之上的器才行……”

“是。”义明静静地点头。

“今日，如来佛的脸庞是如此祥和。这脸庞也映照出老衲的内心。无论何时如何观看，都不会感到厌倦。”

“打扰您了吗？”

“不。仅是神游，于事无补。只存留在天上的佛，就像不能使用的银子。佛和银子，都是被使用才有意义——”惠果的目光再度转向义明，“方才提到的那事。刘云樵如今人在何处？”

“听说寄居在金吾卫同僚家中。”

“老衲想和他见个面。可以安排吗？”

“是的。”

“二日后，应该有空。”

“遵命。”

“不是有好几件事要报告吗？”

“正是。”

“还有何事呢？”

“西明寺有一位从倭国来的留学僧，我想您也有耳闻——”

“就是在洛阳客栈解决怪异事件那人吗？”

“正是。”

“嗯。”惠果点头，眼睛眯得有如微笑般，“名唤空海吧？”

“是的。正是那人。”

“听志明和谈胜说，是一个颇具文才的人。老衲也耳闻他有所谓世亲有两人的说法，还说要来盗取密法……”

“是的。”

“为何还不来盗取呢——”

“是的。听志明和谈胜说，这个空海还会出入妓院。”

“哦？还会前往妓院吗？”

“最近对祆教颇感兴趣，和个中之人好像也有交往。”

“呵呵——”惠果露出觉得有趣的神情，“你对空海的事知之甚详。”

“西明寺的志明和谈胜觉得甚为有趣，才说与弟子听。”

“原来如此！”

“那个空海，对方才提到的那只猫似乎颇感兴趣——”义明说道。

“嗯，这——”惠果有如孩子般的神情泛起微笑，“老衲有意让凤鸣和他见面时……”

“就是吐蕃来的凤鸣？”

“嗯。”惠果颔首应道。

此时，空海和逸势正在赶路前往胡玉楼。

空海和青龙寺几乎在同时得知刘云樵的变化。

“不过，义明啊！”惠果说道。

“是。”

“这件事，根源看似很深邃，老衲或许不得不出面……”

语毕，惠果若有所思地点点头。

【二】

空海突然醒过来，眼睛并未睁开，闭着眼睛思索：为何自己会醒来呢?

半迷糊中，还在睡眠中。眼睛若一睁开，就完全醒过来了。

白昼，和逸势从平康坊归来后，增加了许多不得不处理的事情。在脑中归纳后，委托大猴去办，又如平日般和大猴学习天竺语。

天竺语，即梵语。

完毕后，就在灯火下，记下自己所见、所闻、所思。

今夜所记是有关祆教之事。

空海想到可以进一步将祆教的火融入密教的法门之中。记载这些事，不知不觉中感到非常兴奋，直至夜半才完毕。之后，躲进了被褥中。

对空海而言，今晚难得在黑暗中神志如此清晰，无法立刻睡着。

透过火，自己和宇宙一体化的“理”与“行”，已经在空海内心成形。他知道其理论，但要转换为语言时，手写的速度却跟不上思考的速度。

所以很不耐烦。

虽说不耐烦，但对空海而言，以语言来追赶思考的作业，并非一件令人厌恶的工作。

以简短的语句把急速的思考记录下来时，空海会误以为言词或许已经追上思考了，而觉得连灵魂都在驰骋。

这些工作做得太过头了，以致停手后，人躺在被褥里，脑海却还持续工作着。

任由脑子不停地转动，然后让自己的意识远离肉体，让意识如眺望风景般地观看自己脑中的思绪。

眺望之间，昏昏欲眠，终于睡着了。突然，又醒了过来。

空海集中精神，让心绪沉静。

耳边传来邻房逸势的睡声。不过，并非因为这睡声而醒来。

黑暗中，鼻子吸进了混杂着细微花香味的空气。那是桃花香味。

不过，亦非因为这花香而醒来。

好像有某种动静。空海再度屏气凝神。

有动静。是耳朵。双耳，感觉有动静。

那动静，有如细细的蜘蛛丝，不，比这还细上一百倍的东西，飘进耳朵深处。宛如耳朵欲嗅出细微花香的感觉。

细微的，只是一种很细微的动静。

睡梦中，空海好几次都感觉自己的意识被这动静的细丝所牵触。

“来吧。”那动静如此细语，“来吧……”

空海睁开眼睛，凝视着黑暗。黑暗中，闪烁着微弱的青色光芒。是月光。

窗户微微开启，从窗外照射进来的月光，在黑暗的房内闪动着微弱的磷光。

“到底要我去何处呢？”空海自问。起身坐着，转头张望，四下无人。

“来外头……”

耳朵深处听到声音。

嗯。空海起身站起来，下了床，穿着寝衣，跣足走到外头。

外头是庭院。跣足踏在冰冷的土地上，夜气笼罩着空海的肉体。

月光下，花苞鼓起，展开的叶面和牡丹花并立。

“来吧……”声音又传来。

空海循着声音迈出脚步。桃花的香味也融入夜气里。

“宁静的夜晚……”空海自言自语。

不知要往哪个方向？不过，他认为即使走错方向，声音也会再度指示自己。

来到一棵高大的槐树前面。

“正是此处……”声音响起。

仔细端详，月光下，有个人影伫立在槐树下。不，不是人。

朦胧中，放射出青色的光芒，比月光还要更绿些的光芒。

平静的声音在空海的耳际响起，当然不是日本语，也不是唐语，是天竺语——也就是梵语。

Namo buddhāya namo dharmāya nam−aḥ saṃghāya, namaḥ, suvarṇâvabhāsasya mayūrarājñaḥ, namo mahāmāyūryai. vidyā−rājñyai. Tad−yathā, siddhe susiddhe, mocani mokṣaṇi mukte vimukte, amale vimale nirmale, aṇure（aṇḍare）, paṇure（paṇḍare）, maṅgale

这是空海所知道的韵律、语言。孔雀明王陀罗尼。

沐浴在月光里，树下伫立着一尊美丽的神。右手持耀目的孔雀尾，左手持莲花。孔雀明王伫立在彼处。

空海泛起微笑，走向孔雀明王。

“空海啊……”孔雀明王说道，“吾即孔雀明王——”

非男声亦非女声，而是清脆的中性声音。

孔雀明王——在天竺，因为能够吞噬猛烈毒蛇，其能力被神格化，以菩萨的模样，作为佛教守护神之一。

“是。”空海以清脆的声音回应，接着问道，“孔雀明王，为何呼唤在下呢？”

“为忠告你而来。”

“忠告——吗？”

“你千里迢迢渡海来长安，所为何来？”孔雀明王说道。

“为求取密法而来的吧！”不待空海回答，孔雀明王又说道。

“正是。”

“既是如此，为何还在迟疑呢？”

“迟疑？”

“为何还不速速前往青龙寺呢？”

“只因时机未到。”

“何以时机未到呢？”孔雀明王问道。

空海听到此问，面露微笑。

“为何而笑？”孔雀明王说道。

“明王既是佛门之人，为何还故意询问沙门当事人呢？此事您难道不知道吗？”空海说道。

“真是愚蠢的问题啊！难道在试探我吗？纵使是神，也无法完全了解人心。”孔雀明王说道。

“原来如此。”

“再问一次，何以时机未到呢？”

“因为无论是在下还是对方，都尚未准备妥当。”

“对方？”

“就是青龙寺。”

“嗯……”

“与其在双方尚未准备妥当就前往，还是准备万全后比较好。凡事并非快就是好，不是吗？花在尚未准备好之前，也不绽放。”

空海如此一说，孔雀明王悄悄地将孔雀尾移到握着莲花的手上，空无一物的右手往侧面伸去。

那里有牡丹的枝，芽苞已经长成大大的叶子了。

“看吧！空海——”孔雀明王以右手食指指着枝头。

月光下，枝头微微摇动。并没有风。眼见叶子渐渐变大，叶子之间，长出一个花苞。花苞裂开，一朵牡丹花就在月光下慢慢绽放。

孔雀明王收回手指。

月光之下，重瓣牡丹静静地在风中摇曳。

“真是精彩啊！”空海的话中混杂着赞叹之意。

刚刚盛开的红牡丹，娇艳欲滴，惹人喜爱。

“未必得准备妥当，花朵依然可以绽放。”孔雀明王以中性的声音说道。

“是的。”空海坦率地点头称是，“在下现在的一切作为，其意义和明王所为相同——”

“相同？”

“让花盛开。”

“所谓花，指的是密法？”

“正是。目的就是要让在下内部那朵密之花盛开。而且，尽可能还要缩短时间。因而才说与您相同。”

“哦。”

“原本得二十年才能绽放的花，我希望在更短的时间内让它开放。”

“密之花吗？”

“正是。”

“既然如此，不是更应该早日前往青龙寺吗？”

“我认为现在前往青龙寺，反而更费时间。”

“何故？”

“我只是从倭国来的一介留学僧而已。一般而言，必须留在这国家二十年，才能够学习到密宗。”

“嗯。”

“既然要学，我就非得把完整的密宗带回国去不可。”

“完整的密宗？”

“是的。我要学会密宗最初出现在这世上时的语言，想了解那时的密宗。”

“唔。”

“唐语密宗，当然也有学习之必要。不过，若能够了解密宗最初出现的语言——梵语，才能学习到神机微妙之处，不是吗？”

“原来如此。”

“纵使现在前往青龙寺，因为不懂梵语，只能学得无法触及本源的密宗。因此，现在我正在学习梵语。”

“既是如此，何以不专心学习梵语呢？”

“您这是什么意思呢？”

“空海啊！你的所作所为，未免太多管闲事。”

“所指何事呢？”

“与你不相干之事，最好别插手管。”

“原来如此。”空海露出微笑，“刘云樵之事吗？”

“是的，那事对尊下无益。”

“为何无益？”

“有可能置自己于死地。”

“因刘云樵之事吗？”

“嗯。”孔雀明王回答后，又把孔雀尾握在右手。

“若是死了，就很麻烦。”

“那么，就不要和刘云樵之事牵扯。”

“不过，那也是个人的兴趣。”

“我已经对你提出忠告，好自为之吧！”孔雀王说道。

他边看着空海，边往后退半步，握着莲花的左手和握着孔雀尾的右手轻盈地摇动，宛如跳舞般舞动着。

举起右脚，左脚踏在半空。

“吾回天庭矣！”

孔雀明王的身体浮上天空。孔雀明王优雅地舞动着，在月光下缓缓升天。

一步一步走着——

宛如天空中有个看不见的阶梯，一阶一阶慢慢走上去。

掠过槐树的树枝，升上槐树树枝的最高处，然后又往上升去。

发光的身体，被大风吹起，突然消失在槐树之上的空中。

"孔雀明王吗……"

空海眺望着孔雀明王所消失的槐树上空，喃喃自语。

空海腰部高的地方，孔雀明王让其绽放的大朵牡丹花，在月光下随风静静地摇曳着。

【三】

一大清早，橘逸势就踩着重重的脚步声，来到刚做完早课的空海房内。

对着坐在书桌前空海的背后，喊叫着。

"喂！空海啊——"

"何事呢，逸势？"空海回头问道。

"听说牡丹花的事了吗？"逸势说道。

"牡丹花？"

"还不到花期，庭院竟有一朵盛开的牡丹花。"

"原来是这事呀？"

"难道你已经知道了吗？"

"嗯。"

逸势露出泄气的神情，坐在空海之前。

"一朵，只有一朵哦！实在不可思议，对不对，空海？"

“那朵花是昨夜孔雀明王从天上降下来，在我眼前使它盛开的。”

“为何会——”

“孔雀明王为了警告我，不要再插手刘云樵之事而来的。”

“为什么来警告你？”

“要我早些前往青龙寺。”

“嗯……”逸势点头之后，神情转为凝重，“不过，你所谓的孔雀明王，是真的孔雀明王吗？”

“你说呢？”空海神情愉快地看着逸势。

“难道你真的认为这世上有孔雀明王？”

“逸势，很难得说出像儒者的话来。”空海笑道。

孔子所谓“不语怪力乱神”，记载于《论语》这本书之中。

孔子之意，就是不谈论灵魂、神鬼等那些超自然现象的事。

“逸势，你也得小心才是。”空海说道。

“小心什么？”

“孔雀明王说，若继续插手刘云樵之事，会有生命危险。”

“什么？”

“这就是威胁吧！既是如此，我更不想放手！”空海看着逸势说道。

第九章　邪宗淫祠

【一】

空海和橘逸势离开西明寺，是在正午之前。

两人往西市走去。

为了和昨日才见面的马哈缅都再度会面。

昨日，空海一听到刘云樵之事，立刻辞别马哈缅都。告辞之际相约翌日，即今日再会。

马哈缅都把刘云樵之事大致说过后，又对空海说道：

“空海，接着就是你委托我办的那件事。”

“如何呢？”空海问道。

“由于事出突然，对方说明日午时过后，倒是可以挪出时间。”

“马哈缅都呢？”

“明日你若要去，我可以作陪。”

“那就偏劳了。”

此事是昨日说好的。

“怎么啦，空海？”那时，逸势以日语问道。

“我前阵子拜托马哈缅都的事，今日给我答复——”

“什么事呀？”

“我想到祆教的祆祠看看，所以拜托马哈缅都引见。”

所谓祆祠，就是祆教寺——琐罗亚斯德（Zoroaster）教的寺院。

“若是可能，我想当面向祆教僧人请教一些事。”

“哦——”

“马哈缅都告诉我，若是布政坊的祆祠和那里的安萨宝，倒是挺适合的。他已为我做了安排。”

“安萨宝？”

“所谓安，是姓。”空海说道。

空海入唐之时，祆教在中国已有三百年的历史。

唐都长安，也有好几座祆教寺——祆祠，侨居的西域人亦为数不少。为统一管理这些侨居西域人，官方设有“萨宝”的官职。萨宝通常由西域胡人有力者担任。西域人使用中国姓氏时，很多都喜爱以“安”为姓。

“逸势要一起去吗？”

逸势被空海如此一问，也很想前往祆祠一探究竟。

因此，空海和逸势才一起走出西明寺。总之先到西市。打算和马哈缅都会合后，再一起前往位于布政坊的祆祠。

布政坊位于西明寺所在的延康坊北侧，但是两坊之间还有光德坊和延寿坊。负责长安治安的右金吾卫也在布政坊。

“不过，空海啊——”逸势边走边叫住空海，“今朝所说的话，孔雀明王当真说你会有生命危险吗？”

“是啊！若是再继续插手刘云樵之事的话。”

“若是有生命危险，那么我也涉身其中啰。”

空海考虑一下说道："唔，应该已涉身危险之中了吧。"

"真的吗？"

"不知道是真是假，不过，你应该也包括在内。"

"不要威胁我！"

"不是威胁你。"

"意思是说那只妖猫会对你我设下什么圈套吗？"

"你说呢？"空海边走边说。

"昨日你又去胡玉楼了吧？这样对刘云樵之事不是涉入更深了吗？"逸势说道。

昨日，空海辞别马哈缅都后，立刻直奔胡玉楼，和玉莲及牡丹会面，听她们又把刘云樵之事详细叙述一遍。

"不错，正是如此。"

"总觉得事情愈变愈可怕。"逸势说道。

"嗯。"

逸势对着颔首的空海问道：

"不过，空海啊！今日你不是有不少事要调查吗？"

"昨日已拜托大猴替我去办了，他应该会办得很好吧！"

和尚们在读梵文时，大猴因为会讲天竺语多少也帮得上忙，所以他在西明寺非常管用。

"拜托他何事呢？"

"两件事。"

"两件事？"

"刘云樵之事和丽香之事。"

"什么？！"

看来逸势好像无法理解的样子。

“拜托他调查刘云樵现在人在何处，情况如何，还有刘云樵的族谱等。”

“丽香呢？”

“昨日玉莲不是说丽香好一阵子未曾出现在雅风楼了吗，我颇在意这事。拜托大猴调查丽香的身世及她的过去等。”

“不过，调查刘云樵之事，还能理解。连丽香都要调查，所为何来呢？”

“因为丽香的客人是刘云樵。”

“但是……”

“那只猫不是连刘云樵进出雅风楼，还有请道士之事都一清二楚吗？”

“那和丽香有关联吗？”

“或许吧！”空海说道。

“不过，你这般热衷于妖怪、梵语、祆教，对最重要的密宗，到底有何打算呢？”

“这些都是为了密宗呀！”

“什么？”

“哈哈。”

“你是说妖怪啦、梵语啦，还有现在要前往的祆教寺，都是为了取得密法吗？”

“对啊！当然我本身也很感兴趣。对了，逸势，我必须争取时间。可是我只有一个人，真是令人焦急啊！”

“是吗？”逸势应声后，接着又说道，“我们不是还有二十年吗？”

“不。二十年后，我已经超过五十岁。我如何能等二十年呢？”

“……”

“逸势啊，今朝你看到庭院那朵盛开的牡丹花了吧？”

“看到了。”

“我想做的，就如同那般。”

“如同那般？”

“我必须让那朵密之牡丹早些在我内部盛开，不必等二十年。”

“嗯。”

“不过，像那朵牡丹花般过早绽放，并不好。”

“……”

“早些让它绽放虽好，但在未准备妥当之际就强行让它盛开，不久就会枯萎。然而，我又不能准备二十年。”

“所以目前自己的所作所为，正是为此而准备。”空海说道。

此时，空海和逸势已经走到喧嚣嘈杂的西市了。

【二】

“这么说来，这位始祖出生于比佛陀还久远的时代。”空海说道。

地点是位于布政坊的祆教寺——祆祠之内。房子昏暗。穿过大门，正面有个祭坛，点燃着火。火和烟的味道，笼罩着整个屋内。

墙壁已经被烟熏成暗灰色，原本窗子就不多的屋内，显得更加阴暗。不过，墙壁像和屋顶之间留有排烟的缝隙，烟能够顺利排出，屋内倒也不如想象中那般烟雾弥漫。

据说祆教的始祖——琐罗亚斯德，出生于公元前七世纪至公元前六世纪。

后来被称为“佛陀”的人物——乔达摩·悉达多（Gotama Siddhāttha）公元前五六三年诞生于天竺迦毗罗卫国。

虽然琐罗亚斯德出生的确实年代已经不可考，但若采用诞生于比基督还早六百五十年的今日之说，那么，琐罗亚斯德的诞生就比悉达多还早八十年以上。

“我们祆教的始祖诞生之时，比佛教还要早许多吧！”

空海听完安萨宝的这番话，回答了前面那句话。

据说，琐罗亚斯德受到神的启示开始传道，约在三十岁之时。琐罗亚斯德教深入一般民众的生活，则是十二年后，巴克特里亚（Bactria）的地方首长卫殊达斯巴皈依之后。

安萨宝顺着空海的提问，叙述祆教和琐罗亚斯德的一些事迹。

“无论何事，只要先掳获该国最高权力者的心，就能在世间广为流传。”他对空海如此说道。

他们伫立在祭坛前谈话。安萨宝一身官职装扮，也戴着与官员同样的头冠。年约五十五岁。头发及下颚所蓄的胡须，白发白须都已混杂其间。高鼻子，蓝眼睛。

除了空海、安萨宝外，还有橘逸势和马哈缅都两人。

屋内响起火焰燃烧的声音。

“真是不可思议！”空海凝视着祭坛的火，低声说道。

“何事呢？”安萨宝问道。

“正在燃烧的火。”

“火？”

“黑暗中的火，显得更美……”

“……”

“愈是黑暗的地方，火就愈显得绚丽耀目。”空海徐徐说道。

“确实如此——”安萨宝说。

他用那蓝色的瞳孔盯着空海说道：“你有一些很有趣的想法。今日相谈甚欢——”安萨宝又转向马哈缅都说道，“你确实替我引见了一位很好的朋友。有些很难和异教徒深谈的话，和你好像也可以谈谈。空海——”安萨宝再度转向空海，面露微笑，说道，“是否愿意光临寒舍？”

经安萨宝劝诱，众人往外头走。艳丽的阳光洒在头上，绿油油的槐树闪着耀眼的光亮，风一吹过来，叶片上的光影就洒落到树下。

安萨宝的住所就在祆祠后方。那是一栋红砖、土壁的屋子。他带领众人来到某房间，房内泥地，陈设桌椅，屋角摆着一个瓮。

四人坐在桌前，不知从哪里出现一个女人，在桌上摆了四个素烧碗。那女人从瓮里舀水注到水瓶内，然后拿着水瓶，将它放置在桌上。

从窗外射进来的光将槐树叶的影子照在桌面上。

空海喝下女人倒在碗里的水。冰冰冷冷，一口喝下后，口中有种清爽甘甜的感觉。

“空海——”安萨宝说道。

“是。”空海边将碗放在桌上，边颔首回应。

“YAATO——你听过吗？”安萨宝问道。

“YAATO——吗？”空海依照安萨宝发音，正确地说出“YAATO”这个词。

“是的。”

“第一次听到。”空海说道，看了一眼坐在安萨宝一旁的马哈缅都。

当安萨宝说出“YAATO”时，马哈缅都好像听到什么刺耳的话般，脸上浮现出不悦的神情。不过，这表情很快就消失了，现在空海所看到的是和平日没两样的马哈缅都。

“往昔，当琐罗亚斯德将祆教广为传播时，有各式各样的障碍。当时，邪宗淫祠到处林立，邪宗淫祠里的YAATO百般阻挠琐罗亚斯德的神职。”

“哦！”

“空海，这就好像佛教的佛陀尚未悟道时，也有种种魔障一般。”

“是的。”

“景教方面，也有相似的事情。”

景教——空海入唐之时，已传入中土——即基督教的聂斯脱利派（Nestoria）。

“这种事，我倒是有所耳闻。”

“空海，方才谈到光的话题，从一个国家将光运送到另一个国家的时候，光所形成的影的部分也会随之而来。”安萨宝说道。

空海细细体会安萨宝的这番话，沉默了一阵子，再低声点头。

“是的。”

“虽然我们将祆教传到这个国家，但与此同时，我们也引进了违反祆教教义的思想。”安萨宝说到此时，深深叹一口气。

“就是方才提到的邪宗淫祠。”

“正是。”

“那YAATO呢？”

“信仰邪宗淫祠的咒术师，称为YAATO，也称为KARAPAN。”安萨宝说道。

“YAATO也来到大唐了吗？”

“对。说是大唐，不如说咒术师已经来到这长安了。”安萨宝颔首说道，并露出苦笑。

“简直就像阿胡拉·马兹达和安格拉·曼纽的战斗般，无论在哪一块土地上，这些事总是重复不已。”说这话的是马哈缅都。

此时，方才倒了水就出去的那女人又回到屋内。

“安爷！”那女人喊道。

“何事？”安萨宝看着那女人。

女人看一下空海和逸势，将目光又转向安萨宝。

女人可能因空海和逸势在场，正在犹豫是否该将事情说出来。空海立刻站起来要离席，安萨宝却制止他。

“这位是马哈缅都带来的朋友。你要对我说的事，若是马哈缅都也都能知道的话，当着这位朋友说出来也无妨。”安萨宝说道。

“若是马哈缅都老爷的话，倒无妨。”

“既是如此，就把话当着这位朋友的面安心地说出来吧！”

安萨宝此话一出，女人才下定决心开口说道：

“左金吾卫的张爷来访。”

“张爷？哦，那位张爷吗？”

“是。”

“无妨，请他进来。”

安萨宝说完后，女人立刻走出屋子。

“我们该告辞了。”

空海如此说，安萨宝却又留住他。

“不，空海。你在，或许更好！”安萨宝说道，“张彦高友人的田里出了令人担心的事，感到很困扰，他是为了此事而前来商量的。”

【三】

张彦高年约四十，鼻子下面留着两撇胡子，腰间插了一把刀。他一进屋内，先和安萨宝、马哈缅都寒暄，并以可疑的目光瞄了一下在场的空海和逸势。

“张爷，这是从倭国来学习密法及儒学的空海和橘逸势。”安萨宝说道。

空海和橘逸势报上自己的名号并寒暄过后，张才以生硬口吻简短报出自己的姓氏。

“敝姓张。”他对空海和逸势的警戒心相当明显。

“是不是又发生了什么事？”安萨宝问道。

“是的。”张彦高颔首应道。

又瞄了一下空海和逸势，好像有话要对安萨宝说，因空海和逸势在场而踌躇。

“但说无妨，这两位是马哈缅都带来的朋友。马哈缅都很少会引见人来。”

“是。”虽然张彦高点头称是，仍掩藏不住紧张的神情。

“我认为异国的人听到我们所谈之事，或许能给一些宝贵的意见也不错，才把他们留下来。听马哈缅都说，空海颇有能耐，前阵子还替胡玉楼的玉莲姑娘驱除饿虫。不过，若是你不方便开口的话——”

安萨宝说到此时，空海鞠躬致意。

“我们就此告辞！”

“不，不！”张彦高急忙对空海说。

空海将视线移到张处。

“您就是那位空海吗？”张彦高有些困窘地问道。

“您知道我吗？”

“是的。倭国来的人，替玉莲驱除手上饿虫之事，我曾直接从玉莲那里听闻。我这才想起来了。那位倭国和尚，就是空海您——”

“呀！”空海道了一声后，和逸势面面相觑。

“我有时会邀张爷一起到胡玉楼。因为平日受金吾卫张爷的诸多照顾。”一旁的马哈缅都说道。

“哎呀——”逸势发出恍然大悟的声音，“原来如此！”逸势自问又自顾地点头。

“若是如此，希望空海和尚也帮忙拿个主意。”张彦高说道。

“不知道是否能帮上忙。”空海说道。

“那么，就——”

安萨宝一说，众人又重新坐下。

“因为空海是第一次来访，你还是从头把事情道来吧！我也再听一次，顺便整理一下头绪。”

安萨宝话一出口，张彦高装模作样地扫视了一眼众人后才开口。

“我有一个朋友，名叫徐文强，今年四十五岁。他在骊山北面拥有广大的棉花田，怪异的事情就发生在他的棉花田里。”

张彦高在说到“怪异”两字时，特别用力强调。

“徐文强是在去年八月开始发现怪异之事。”

听说是在八月的月圆之夜。

徐文强信步走在自己的棉花田间，思索收获棉花的事情，突然听到一种不可思议的声音。

那声音既不是从地底下传来，也不是从棉花叶子间传来，而是一种好像悄悄话的声音，彼此似乎在商量什么事的声音。

每晚，都听得到那声音。其内容，像在商量什么日期之类。那天，声音决定将日期定在“那日的翌日”，不过，“那日”到底是哪日，那声音好像也并不清楚。

终于，那声音想起“那日”就是七日后。那么，七日后到底会发生什么事呢？

徐文强每晚都到棉花田去听那声音。

事情发生的前一日，那声音终于想起“那日”所要发生的事，那就是德宗皇帝的皇太子李诵会在那日病倒。

“虽说病倒，但不会死。”那声音说道。

那时，“那日”已逼近眼前。

结果，李诵病倒的翌日，那声音又说：

“我们就要出来了。”

皇太子李诵病倒之日的早晨，张彦高收到徐文强传来的信函。

信的内容——是否听说皇太子李诵近来身体不适呢？若是有任何病恙，在当天突然恶化的话，请务必告知。

“我听说皇太子在例行问安后病倒，是在读完那信之后。”张彦高说道。

“后来你如何处理呢？”空海问道。

“我急忙带着两名亲信，快马直奔徐家。”

张想了解为何徐文强能够预知皇太子病倒。

“我的想法是，在不得已情况下或许得逮捕徐文强。相反，或许可以助他一臂之力。”

“您和徐文强是怎样的朋友呢？”

“我们都出生在骊山脚下，从小一块儿长大的。”

“见到徐文强了吗？”

“见到了。”张彦高答道。

当徐文强第一次告诉张彦高棉花田夜里有声音传来之事时，那晚，张彦高便带着两名部下，和徐文强一起前往棉花田。

那是个月黑风高的夜晚，有风，整片棉花田“沙沙”作响。张彦高、徐文强和两名部下站立在黑夜中，屏气以待。

张彦高的一名部下手握火把，火焰被风吹动，发出燃烧的响声。四周尽是伸手不见五指的漆黑，只能看到火光照射下彼此脸庞通红。

“还不出来吗？”张彦高喃喃自语。

“稍等一下。”徐文强说道。

“这原本不是我的工作，应该是其他人来的，我认为自己是收信当事人，所以硬要来的……”

当张彦高说这话时，黑暗中突然有声音传来。

“风正在吹着呢。”传来低微却很清楚的声音。

“是呀！风正在吹着呢。”有声音答道。

“如何？李诵终于病倒了吧！”

“是呀！李诵终于病倒了。”

“哈哈……”

“嘻嘻……”

“呵呵……”

无数的笑声在黑夜中此起彼落。

“再来就看明日了。”

“再来就看明日了。”

声音说道。

“谁？”张彦高忍不住叫道。

不过，没人回答。风更强，黑暗中的一大片棉花叶“沙沙”摇晃着。无数笑声与棉花叶声重叠，马匹的嘶叫声好像也混在其中。盔甲的碰撞声，战车的嘎吱声……

然后，还有无数低低的笑声——

“嘿嘿……”

“哈哈……”

“呵呵……”

那些声音相互混杂，又和风声重叠，不知不觉，在强风的暗黑之中，声音响彻云霄。

【四】

“嗯……”空海发出低低的声音，嘴角强忍住笑意。

真是有趣！

嘴巴张开，此话好似已到嘴边又硬吞了下去。

“真是耐人寻味！”空海说道。

“仅仅是这样，声音渐渐变小后就中断了，问题是——”

“翌日的晚上？”

“正是。”

“翌日的晚上，你又到了徐文强的棉花田吗？”

“是。”

“你如何向长安方面报告的呢？”

“我留在原地，让一名部下回长安讨救兵。因为这事和皇太子病倒有关，但光是传达我个人所见到的，还无法让长安方面重视此事。再说，也不知到底会发生何事，所以就先多叫些人一起来佐证，确认翌日夜晚到底会发生什么事。”

“原来如此。”

“翌日午时过后，回去讨救兵的部下再带了另外三名部下来了。”

张彦高说到此时，环顾一下众人，才娓娓道出那晚的情形。

【五】

翌日夜晚，七个大男人又聚集到徐文强的棉花田。

那是徐文强、张彦高，还有张彦高的五名部下。

那晚，厚厚的云层覆盖着天空。

不过，云层未覆盖到的一些缝隙，却可以见到明朗惊人的夜空。夜空中，点点星光闪缀着。

走了样的月亮，不时从厚厚的云层中露出半边脸来。云层流动速度相当快。高空上似乎刮着强风。纵使月亮露出脸来，很快又被云层给吞噬了。被云层吞噬的月亮，只在云层周围散发出朦胧的亮光。

风从暗黑中吹来，棉花叶使劲地摇晃着。

点了两支火把，张彦高的两名部下手中各握一支。火焰被强风一吹，摇晃得很厉害。赤红的火星，画出细线，好似萤火虫在暗夜中飞舞。

张彦高部下的腰间各自垂挂着刀或剑。

挂刀者有二名。

挂剑者有三名。

张彦高腰间也垂挂着刀。徐文强则在怀里暗藏着小刀。

时间慢慢流逝。

强风中带着一股微温。途中重新更换火把。

“到底会发生何事呢？”徐文强提心吊胆地说。

“不知道。虽然不知道，昨夜的话若属实，此处大概会有什么现身吧！”张彦高答道。

“不过，什么也没有。”徐文强的声音带着微微的颤抖。

徐文强好像很后悔来到这里。

“这表示从现在开始，将有事情要发生……”

张彦高的声音虽透着紧张，却比徐文强镇静一些。

五名卫士中的三人，因为昨晚未在场，带着半信半疑的神情伫立着。

又过了半个时辰。

“喂……”

低微的声音不知从何处传来。那声音非常微弱，宛如随时都会被风声给盖过。

“喂……”

另一个声音呼应。

徐文强和张彦高面面相觑，彼此的神情好似在互问——确实听到那声音了吗？两人又各自点头，好似在回答——确实听到了。

又看着其他五个人。

“方才谁在说话？”张彦高问道。

“没有。”

五人当中谁也不曾开口说话。

风吹得更大，男人四周的棉花叶起劲地摇晃着。

“时候差不多了。”有声音传来。

“嗯！时候差不多了。”有声音答道。

“听到了！”张彦高低声道。

徐文强点点头，紧靠在张彦高身旁。众人间充斥一股紧张的气氛。拴在前方的马匹仰天发出响亮的嘶叫声。

“今夜，风很强。”

“今夜，还有云。”

不知从哪里传来的声音。

声音很清楚地传入每个人的耳里。

马匹又在前方嘶叫了。

好像惊觉风中有令人生惧的野兽不知从暗夜中的何处慢慢靠近。

“很好啊！”

“很好啊！”

“正适合我们出现的夜晚。”

“正适合我们出现的夜晚。”

不知是谁，忍不住拔出鞘中的剑。接着，拔刀、拔剑声在暗夜中此起彼伏。

“出去吗？”

“出去吧！”

声音如此说。

“大家小心！”张彦高大喊。

此时——

张彦高眼前长着棉花的泥土开始隆起来。

“哇！”

张彦高急忙往后一闪，方才晃动的泥土附近也隆起来了。

徐文强因张彦高一闪，整个人往前趴了下去。

就在徐文强正前方的泥土里，有如大虫一般的东西开始爬出来。

徐文强像鱼一样，张大嘴巴喘着气，一动不动地盯着。他想把目光移开，却好像办不到。

地面终于露出东西来了，那是手指头。手指头之后，是整只手。

一股强烈的土腥味传到徐文强的鼻子里。徐文强莫名其妙地叫了一声，用膝盖和双手支撑着身子，整个人快爬着逃走。

握着火把的一名卫士把火把交给好不容易才站起来的徐文强，自己则手握利剑摆好架势。

张彦高和五名卫士远远围成一个圈子，将露出手的地面团团围起来。

此时，众人也不再顾忌踩到刚迸出的棉花了。

露出手的地方有两处。此时，那两处已经露出四只手臂。露出土面的手开始拨开自己手臂周围的土。

火焰的光照着这一切情景。

众人只在远处围成圈子，注视着这一切情景。

突然，从两臂间露出人头。那是男人的头。

一名卫士大叫一声，踉跄地往后退。

另一处的两臂间，同样也露出了一颗人头。那也是男人的头。

两人头上都戴着头盔，好似士兵模样。

两人摇摇头，好像要把沾在头上的泥土甩掉。

“好久未出来透气了。”

“是呀！好久未出来透气了。”

两颗头相互说道。

卫士们默不作声。

两名士兵不知是否看到此处站立的卫士，两手置于地上，用力撑着，开始把身体拔出来。

肩膀、胸部、腹部……士兵身体的全貌渐渐露出。

那是穿着盔甲的高大士兵，腹部周围好像画着什么图样。

“嗯。”

“嗯。”

两名士兵对于观望自己的卫士们视若无睹，伸了一个大大的懒腰。

“那么……”一方说道。

“那么……”另一方答道。

“必须动身了。”

“必须动身了。”

张彦高对着两名正在说话的士兵问道：

“你们到底是谁？”

两人的体格有张彦高两倍大，相当魁梧健壮。一靠近，竟有种泰山压顶的感觉。对于张彦高的质问，两人都不予理会。

“会躲在泥土中，想必不是人类吧！为何你们能够预知皇太子病倒之事呢？那是你们干的好事吗？”

然而，两名高大士兵仿佛丝毫未感觉到众人的存在。两人仰天一看。

“虽然月黑……”

“虽然月黑……”

“应该可以走路。”

“应该可以走路。”

“嗯。”

“嗯。”

两人相互点头。

“暗夜最适合我们现身。”

“暗夜最适合我们现身。”

有一名卫士终于忍受不住恐惧的情绪，挥剑朝士兵砍了过去。

“呀！”利剑往正面砍下去。

那把剑一碰到士兵的身体，“锵”一声弹了回来。

被剑砍中的士兵注视着挥剑往自己身上砍来的卫士。士兵伸出右手，不费吹灰之力就抓住那名正想逃跑的卫士的头，轻轻地把卫士抓了过来。

士兵的两手捏住痛苦挣扎的卫士的头颅。接着，传来宛如树枝折断的声音，卫士的头被反转过来。

那名卫士下身流出尿水及大量粪便，俯趴在地上。不过，整个头却仰望着天空。

那名卫士几次痉挛后，就不再动弹了。

“哇！”

张彦高想挥刀砍向士兵，两脚却不听使唤。

另一名卫士从后方往另一名士兵身上砍过去。剑刃碰到士兵头部，只听到“铿”一声响起，士兵转向卫士。

“哇哇哇哇……”

那名卫士发出了奇怪的叫声，两腿直打哆嗦，身体却一动也不动。

士兵的右拳毫不费力地朝卫士脑门正上方捶打下去。

卫士头颅的上半部，不知是往下陷进去，还是血肉横飞，总之只剩半个脑袋。卫士嘴里吐出大量的鲜血和泥状物，最后两颗眼球都迸出来，卧倒在地。

看到此状，谁也不敢再往士兵身上砍去。

“那么……”一名士兵说道。

“那么……”另一名士兵答道。

“走吧。”

“走吧。”

“长安城要开始骚动啰！”

“长安城要开始骚动啰！”

说毕，两名士兵就大步跨出去。谁也不敢追过去。

不久，两名士兵消失在暗夜之中。

马，又发出刺耳的嘶叫声。

风，呼呼地吹着，暗夜里，棉花叶沙沙作响。

【六】

逸势吞口水的声音在屋内响起。

“之后，你如何处理呢？”空海问道。

“总之，我们先返回长安，把经过一五一十报告出来。再怎么说，也是死了两人。”

“长安方面如何处置呢？”

“翌日，长安派出军队，开始搜查从泥土中现身的那两名士兵，但是毫无所获。到附近的村庄四处打听，是否有人看到类似的士兵，一样毫无所获。”

“棉花田呢？之后的夜晚又如何呢？”

“之后，再也没有任何人出现，也听不到任何声音。”张彦高正面对着空海说。

“然后呢？”

“然后再也没发生任何事。从此棉花田平静无事，棉花也已经收了。”

“嗯。”

“若非有两名卫士死了，连自己都会觉得那是否只是一场梦呢。如今，也有人这般认为。”

“大致的事情已经明白了。”空海说道，“不过，您今日来此，是否事情又有新发展呢？”

“正如您所言，空海和尚——”张彦高露出复杂的表情，看着众人，“这事我已向上面报告过了，但上面指示我先去探看情况。不过，因有上次的事端，我不知如何是好，正巧马哈缅都介绍安祭司给我，这回才来这儿商讨。”张彦高露出疲惫不堪的神情。

他以求助的眼光，先投向空海，接着又转向安萨宝。

空海注视着张彦高，问道：“到底发生何事？”

“最近，同样的事情又开始了。”张彦高说道。

“何时？”空海问。

“听徐文强说，好像是四日前。”

“哦——”空海好似忽然想起什么般直点头。

四日前，不正是返回刘宅的用人发现精神失常的刘云樵的两日后？

“说不定更早前那声音就开始了，只是这声音再度被听到，是在四日前的夜晚。”张彦高如此说。

“那到底怎么发生的？”空海问。

“是——”

张彦高点点头，又开始娓娓道出徐文强棉花田所发生的事。

【七】

从徐文强棉花田的泥土里爬出两名大汉，是去年八月的事。事情发生后，也就平静无事，日子一天一天过去。

棉花收成，过冬后，德宗皇帝驾崩于一月二十三日。

被预言因中风病倒的皇太子李诵，于三日后的一月二十六日登基。

这期间，徐文强的棉花田埋在积雪底下。徐文强虽然在棉花收成时曾到过田里，但之后几乎就不再踏足。至少，日落后，徐文强连田边也不愿再靠近。

几日前，又听到那声音的，并非徐文强本人。

听到那声音的，是徐文强家中的用人——苏文阳和崔淑芳这一男一女。

苏文阳、崔淑芳是住在徐文强所拥有的土地内的苏家儿子和崔家女儿。文阳二十二岁，淑芳十九岁。

“两人是情投意合的一对，据说是在私通时，听到了那声音。”张彦高说。

文阳和淑芳，大约一年前开始偷偷私通。为避人耳目，一到夜里，就在柴房或外头私会，后来为家人察觉，已决定今年春天结为夫妻。

虽然已经被默许，两人反而不好意思到柴房私会了。倒不是怕人家跑到柴房来偷窥，而是怕大家会因顾忌看到两人而不敢到柴房来，两人总觉得大家的视线好像都集中在柴房，更加心神不定。

还好，一到三月，虽是夜里，也不至于觉得特别寒冷。

因此，两人就相约在外头。他们约在一到夜里谁都不会来的场所——正是徐文强的棉花田。

两人就在那里私会。

两人也并非完全不知道那里曾经发生过什么事。虽然徐文强并未将细节说出来，但大致的情形也都说给用人们听了。

出现两名士兵的地方，仍维持原来的模样，但也没留下什么大窟窿。

士兵一出来的同时，土就崩下掩盖起来，只剩下浅浅凹地。对不知情的人来说，除非有人告知此处正是事发之地，否则没人看得出来。

不过，当然也不是就在该地私会，而是同一片棉花田稍远的另一边。

棉花田里有好些互通的小路，路旁种着一些高大的柳树，他们就在柳树下私会。

已经冒出新芽的柳枝，从上头低垂下来。

新月斜斜地挂在天边。文阳和淑芳在柳树下互相拥抱对方时，不知从何处传来男人的声音。

“你快活吗……”

隐隐约约传来低微的男人声音。

这声音同时传入文阳和淑芳的耳里。不过，当真听到那声音了吗？为了确认，两人四目交接。

“我快活呀……”另一个声音又传来。

两人的眼神好像在说确实听到声音了。

“因为事情进行得顺利吗？”

“因为事情进行得顺利呀。”

声音说道。

两人放开手，环视周围。黑暗中，包围着两人的，只有微微吹来的带点寒意的春风。

“我们也该现身了吧。”

“我们是应该现身啰！”

“嗯。”

“嗯。”

那声音从两人的背后传来。

“哎呀！”两人大叫，赶紧拔腿逃离现场。

【八】

“听了两人的话，徐文强跑来告诉我，是四日前的事。”张彦高说话之时，有些激动，脸颊变得有些微红。

“你已经到过棉花田了吗？”空海问道。

“尚未。徐文强应该也是如此。”

“还没将详情往上报告吗？”

“虽然已报告过，但因为皇位更迭，金吾卫内部也有不少纠纷。”

“说得也是。”

“我的部属和长官都更换了，长安城外的事情，他们还无暇插手去管。因上次的事，也曾引起内部的问题。”

“问题？”

“对。原本我们金吾卫的职责，只负责长安城内的治安，城门以外，另有所司。”张彦高边叹气边说，“其实，各坊内也是各有所司。金吾卫的专责只限于城门内大街及环绕各坊间的道路。前次，因为我的独断与多管闲事，才引起刚刚提过的种种纠纷。若不出人命也就罢了——”

“原来如此。”

“身为官府中人，最要紧的是保身。尽可能不要插手和自己无关的事务。”

“这一点，贵国和我们倭国都是一样的。”

“城外所司，应该已经收到我们的消息了。不过，对方也和我们一样有许多麻烦事尚未理出头绪，到底是否真会尽力去办——”

“嗯。”

“金吾卫方面，也有金吾卫该办的好些事件。”

“哦……”

“您应该也有耳闻，最近，有人在大街上到处竖立告示牌。”

“‘德宗驾崩，后即李诵’那件事吗？”

“昨夜又立牌了。”

“真是难为你们了。”

“所以我才和马哈缅都商讨对策。”

“为何找上马哈缅都？”

“现身士兵的腹部画了些不知什么图案，我想那应该是胡文，才——”

“胡文？”

“虽说是胡文，我也知道有各式各样，不过我并不清楚什么和什么——”

“是否能够描绘出来？”

“不，我描绘不出来。其实，我并不清楚那是否真的是胡文。”

“嗯……”

“马哈缅都建议我，既然有这种事，与其自己胡思乱想，不如询问个中人的意见才是，所以他向我介绍了此地的安祭司。以前，我就知道有一位安祭司，三日前曾来打扰，谈过我方才所说的事之后，才返回家中。今日，因有些时间，特地跑来问问看是否有何好对策。”

“您所说的话，大致明白了。”空海点了点他那独特的下颚。

“您看如何呢，空海和尚？”安祭司以碧蓝瞳孔注视着空海。

“真是耐人寻味的事，我目前什么也说不上来。到徐文强的棉花田走一趟，或许可以探出些事来吧！”

“若是可能，请您助一臂之力。我已经听说您不少的事情。镇伏洛阳客栈的妖异，还有替玉莲姑娘驱除饿虫等。”

“您也耳闻那些事了吗？”空海并无难为情之状，而是浮现开朗的笑容。

“所指何事呢？”张彦高问安祭司。

“这些由我来叙述。”马哈缅都抢先说道。

马哈缅都对空海这人相当中意，热心地把事情向众人叙述一遍。

听完马哈缅都的话，张彦高看空海的眼神明显有了变化。

“空海和尚，我也在此恳求您，请您务必助徐文强一臂之力。”

“我明白了。不过，也不知是否能够帮上忙。总之，先到徐文强那出问题的棉花田走一趟吧。”

“当然。”

“我可以安排时间，只是徐文强方面是否方便？”

“这不成问题。明日，我派人过去，让他传话给徐文强。我想不必等多久，立刻会有回音。”

空海一边对张彦高颔首，一边望向逸势。

“逸势啊！你打算如何呢？”

逸势被空海突然一问，“哦，哦——”支吾了一会儿，再点头低声道，“去！”

第十章　妙适菩萨

【一】

夜晚。

空海和橘逸势一起到安萨宝家那日的夜晚。

逸势和大猴都聚集在空海的房内。板床上铺着空海从西市买回来的波斯地毯，三人各自随意盘坐在地毯上。

空海坐在靠窗书桌的一旁，右肘搁在书桌上。逸势坐在空海的斜左边，大猴则背门而坐。

大猴的庞大身体让空海的房内顿时显得狭窄。虽然大猴以红布将长发扎在脑后，扎不到的部分依旧蓬乱。

房内一隅点着灯，红色火焰摇晃着。油灯的燃烧味隐约飘浮在房内的空气之中。

“那么——”空海环视着逸势和大猴，表情有如孩童在期待某种好玩的事情，然后望向大猴说，“托你的事，办得如何了呢？”

“颇有斩获。”大猴说道。

“有何斩获？”空海问道。

大猴正要开口时，逸势抢先问道：

“喂！空海，你现在所说的是何事呢？”

“日间去找马哈缅都的路上，不是向你提过吗？”

“是委托大猴去调查的那事吗？”

“就是那事。”空海说毕，又望向大猴。

“从何处说起好呢？”大猴以粗肥的手指抓得头皮“咯吱咯吱”响。

“都可以。对了，你知道刘云樵人在何处吗？”

“知道。”

“唔——”空海伸长身子。

“刘云樵寄宿在太平坊吕家祥家中。”

“吕家祥？”

“是刘云樵的同僚。我找到刘云樵家的用人，向他打听出来的。不过，听说刘云樵已经是半疯狂状态。”

“嗯。”

“那只妖猫预言刘云樵短期内会死去。”

“短期内？”

“一个月后会死亡。”

“何时的事？”

“二月十五日。因此，刘云樵也认为三月——也就是这个月十五日自己就要死了。”

“今日是初五，如此说来还有十日左右。”

“我还听说一件有趣的事——”

“何事？”

“听说青龙寺方面要再派人去探视刘云樵。”

“何时前往？”

“说是近日内，确实的日子——”

“嗯。”空海伸出搁在书桌上的右手食指敲打着桌面。

“高人即将现身啰！”空海说道。

空海的脸上浮出乐不可支的微笑。

“接着，就是丽香——”

“雅风楼的丽香吗？”

“是。”

“丽香姑娘，现在好像在平康坊。”

“是吗？”

“我是偶然得知这事的。有个雅风楼熟客，刚好要到雅风楼去寻找丽香姑娘的某位恩客。”

“嗯。”

“然后，今日那人又带了好几个人一起去。悄悄向雅风楼的人打听，据说，其中一人前几天偶然在外头见到一个很像丽香姑娘的人。”大猴不知不觉愈说愈大声。

“结果呢，大猴？”逸势问道。

“听说好像是在道士还是方士的家门口碰到了丽香姑娘，还来不及叫她时，她就躲进那屋子去了。”

“好像？”

“坦白说，是牡丹帮我向客人打听来的。牡丹的客人是丽香姑娘以前的恩客，所以才能够打听到。”

“那道士或方士的名号呢？”

“这就不清楚了。因为房子外头挂了一个‘观运势’的市招，那人才会如此联想。”

“原来如此。”逸势点头。

“知道那屋子在何处吗？”空海问道。

“知道。已经详细问过。”

“有关刘云樵的家谱及丽香的出身调查出来了吗？”

“这些倒没什么进展。”大猴露出傻乎乎的笑容，又抓起头来。

“大概也是如此。今日有这些进展，相当不错。”空海说道。

“不过，空海先生，”大猴换了一种口气叫道，“您知道吗？您每天用手去抚弄的那牡丹花枝——”

“嗯？”

“枝头上结了一个花苞，已经鼓起来了。”

“是吗？”

“空海先生，您到底在那枝头上做了什么呢？”

“没什么。我只是一直希望那枝头上会开出西明寺最艳丽的牡丹花而已。”

空海说到这里，外头有人来的动静。

“喂！空海——”

门外有人呼叫空海，是志明的声音。

“是。”空海扬声答道。

“可以进来吗？”此次是谈胜的声音。

“请进。”空海回道。

门一打开，立刻看到志明，谈胜则站在一旁。谈胜右手持着盘灯，盘灯上燃烧着小小的火焰。

“有何贵干？”空海说。

“有时间吗，空海？”谈胜问。

“时间？”

“寺里来了一位客人，想请您和他见一面。”

“客人名叫？”

“叫凤鸣，是我们熟识的一位僧人。”

“僧人凤鸣？！”

“青龙寺的凤鸣。”谈胜说道。

“你不是想到青龙寺吗？”原本默默不语的志明插嘴道。

空海沉默一下后，立刻低头说道：

“那么，请多关照。”

“提到你的事，凤鸣很感兴趣，想和你见一面，我们才会跑来叫你。”

说到这里，空海已经站了起来。

“逸势和大猴也可以一起去吗？”

“当然。”志明答道。

“今晚的谈话就此告一段落，大家一起去吧！”

“是。”大猴慢条斯理地站起来。

“那么，走吧！”逸势迟一步站起来。

三人跟着志明和谈胜，一起去见凤鸣。

【二】

手拿盘灯的谈胜走在最前头，依序是志明、空海、逸势、大猴，走在长廊里，左弯右拐不知绕了几回。

昏暗的长廊，好似没有止境一般。

走在前头的谈胜停在一扇小门前面。

“凤鸣，空海带来了。”谈胜说道。

推开门，谈胜走进房内。志明、空海、逸势、大猴也依序进入。

房间大小和空海的差不多，一样是木板床，除了里头有一扇窗子，可以说什么都没有，连书桌、寝具都没有。

看样子，这是专为类似空海这般的外宿客人所准备的屋子。由于目前无人使用，有时会把访客带到这屋子。

房内一隅，放着一座铁质盘灯，红色的火焰正摇晃着。

昏暗的灯光下，一名僧人独坐在木床之上。

结跏趺坐——

年龄比空海大，三十五六岁。

空海屏气看着那僧人——凤鸣。逸势立刻和空海一样察觉到了。

“空、空海——”声音嘶哑地叫道。

空海无言地对逸势颔首。

那僧人——凤鸣的身体浮在离木板床约五寸的空中。

“凤鸣——”

志明一出声，凤鸣的身体利落地落在板床上，成为普通的结跏趺坐姿。

凤鸣睁开眼睑，露出湿润而乌黑的瞳孔。那眼睛盯住空海。

“在下空海。”空海报出自己的名字后，又说道，“从倭国来唐的留学僧，目前寄宿西明寺。”

逸势和大猴顺着空海的话也开口报名：

“在下橘逸势。”

“大家都叫我大猴。”

“在下凤鸣。”那僧人说。

“听说是从青龙寺来的。”

空海此话一出，凤鸣先是点头，接着又摇摇头。

“我今日确实是从青龙寺而来，不过正确说来，却有些不一样。”凤鸣说道。

“这话怎么说？”空海问。

“其实我和你一样。”

“……”

“我也是以留学僧的身份来此学习密宗。”

“从何处而来呢？”空海问道。

凤鸣注视了空海一会儿，说道：“吐蕃。”

【三】

延历二十三（八〇四）年十二月，以藤原葛野麻吕为首的日本国遣唐使抵达唐都长安。

前文业已叙述，那年十二月抵达长安的外国大使，不仅日本国，还有另外两国的使节团。

《旧唐书》记载着：

“十二月，吐蕃、南诏、日本国并遣使朝贡。”

所谓“南诏”，即是云南地方的新兴国家，属于藏缅语族的国家。

空海业已知道吐蕃使节也和自己同时抵达长安。

吐蕃王国，大约在七世纪前半叶时，由松赞干布（Srong-btsan sgampo，六一七—六五○）建立。那是空海入唐前约两百年的事。

吐蕃王国吞并屡遭隋唐攻打、几近灭亡的吐谷浑，七世纪后半叶势力远达东西通商道路——今日称为“丝路”的东端和南边。安史之乱后，成为威胁大唐帝国的强国。

空海入唐时，吐蕃是东洋岛国倭国所无法比拟的大国。

空海面前端坐的凤鸣，就是从吐蕃而来。

“去年十二月，吐蕃亦遣使来长安，你是那时抵达的吗？”空海问道。

“不，我是在六年前，为学密而来的。”凤鸣说。

他的脸型和空海等倭国人的类似，只是肤色略黑。他的体格有如铁打般健壮。

“凤鸣可是青龙寺的秀才哦！”站在空海一旁的谈胜说道。

“听说凤鸣迟早会被传授金刚界、胎藏界两部密经。”志明接着谈胜的话说道。

“哦——”空海发出钦佩的赞叹声。

流传到大唐的密教——纯密，有两个流派，一般都认为是金刚界、胎藏界这两个体系。

最简略的说法——讲解精神原理的金刚顶经系的密教为金刚界，讲解物理原理的大日经系的密教为胎藏界。

金刚界密教，是由名为“金刚智”的天竺僧传来。天竺僧，即印度僧。胎藏界密教，则是由名为“善无畏”的天竺僧传来。

在天竺国里，两部密教各自发展，惠果则集其大成于一身。这是两部密教体系首次在大唐合而为一。

若能够得到惠果传授的这两部体系，可以说是站在密教的顶点。

“听说凤鸣迟早会被传授金刚界、胎藏界两部密经。”

若是志明这话属实，这个凤鸣必定深藏着比谈胜所说更甚几倍的才华。

“这真是了不起啊！”空海坦率地发出赞叹之声。

没人招呼他坐，他当场就坐了下来，自然而然就与凤鸣相对而坐。

“空海，我经常听志明和谈胜谈起你的事。”凤鸣以炯炯有神的湿润眸子盯着空海说道，“不管是书法还是文章，都让人不敢相信是出自异国人。志明还说如你这般的笔力，屈指算来，这长安城也找不出五人——”

“没有的事。前些日子，我在某处拜读一位无名氏所写的几行起首诗句，真是精彩啊！连无名氏都能写出这种诗来，真不愧是长安城。让我再次感到惊讶——”空海说道，“我来到西明寺时，同样从倭国前来，在此蒙受照顾的永忠，拿了一位名为白乐天的人的诗句给我看，我对那诗也感到十分钦佩。一问才知道，白乐天只是一位默默无闻的官吏。”

“请不必谦虚。你的书法和文章，方才已经拜读过了，我也深感佩服，确实有独特的见解。”

从凤鸣的口吻听来，并非场面上的应酬话，而是就自己所认为的，真实地表达出来。

就像看到庭院有石头，就说“那里有石头”般的感觉。

“听说佛教也传到吐蕃，在吐蕃称佛教好像是‘却’吧？”空海问道。

“是的。”

“所谓‘却’，以佛教的用语指的就是‘法’。”

“正是。”

“不知你到过凯拉萨（Kailasa temple）吗？”

空海一问，凤鸣的嘴角立刻浮起一个小小的微笑。

“这等于在问我是否为梵教徒，对不对？”

“正是。”

“我很讶异你竟然连梵教的圣地凯拉萨都知道。在我国，凯拉萨被称为冈仁波齐峰（Kangrinboqê）。正如你所言，我的确到过凯拉萨。因为我父亲是梵教徒，我也曾是梵教徒。其实，在吐蕃的佛教徒，有许多原本就是梵教徒，或者两者同时信仰。”凤鸣说道。

梵教为佛教尚未传入吐蕃前人们所信仰的宗教。据说其根源与胡（伊朗）的宗教有所关联。

祭拜生命之神——拉（bla），成为穆（dmu）部族的宗教起源。梵教发达后，以梵教为基础，中国和印度传来的佛教在和梵教融合的过程中，渐渐发展成被称为“喇嘛教”的西藏密宗。这是后话。

“不过——”凤鸣又对空海说道，“你不是为学密宗才来长安的吗？”

“正是。”空海答道。

“既是如此，为何不尽快到青龙寺呢？”

“因为要去青龙寺前，还有很多要做的事。”

此时，自然只有空海和凤鸣在对话。

“譬如何事呢？”

“梵语。”空海说道。

“原来如此。”

空海一回答“梵语”，凤鸣好像立刻明白其意。

“其实，若是梵语，在青龙寺也能学到。”

“我还有其他想学的事。”

“何事呢？”

“譬如：毛笔的制作方法，还有纸的滤法、河水拦堵法。又譬如：如何在深河架桥的方法，还有唐都的典章制度。”

“原来如此。”

“对我而言，包括这些事在内的一切都是‘密’。”

“对你而言，那些就是所谓的‘密一乘’。”

“是的。”空海答道。

“那么，就此向你请教吧！”凤鸣自顾点头，问空海，“想必你已经读过《理趣经》了吧？”

“是的。”

“那么，清净句之一为何呢？”

“妙适。”空海答道。

凤鸣所提及的《理趣经》，是记载着密宗最重要的根本思想的经书之一。这是记载着有关男女爱欲、为清净菩萨境界的经书。

空海在日本时，已经读过这部经书。初次接触这部经书时，空海大为惊讶，宛如体验到天地颠倒的冲击。

啊！原来如此。有种拨云见日的感觉。

那部经书肯定了包括身为人的自我欲望、饥饿及其他有关人类的一切羁绊。

人的肉体和心、与生俱来的一切欲望，在那部经书中称为“清净菩萨境界”。

空海的肉体里，所具有的不仅是才华而已。才华洋溢的他，也具有比常人更多一倍的欲望。

因为渴望女人的肉体，卧倒在山野里，牙齿咬得吱吱作响的夜晚也不知有多少次了。

怀抱着这深不可测的强烈欲望，翻读到那经典的瞬间，强烈的欲望一转而为炫目的光辉。

原来自己这般的人，好像可以完全替代这些经句。

妙适清净句是菩萨位

这是清净句的第一句。

“妙适清净句，即是菩萨之位。”——语译即如此。

所谓“妙适”，梵语为SURATA，即是男女交合所产生的愉悦——快感。

换言之：“男女交合那种妙不可言的感觉，即是达到清净的菩萨境界。”

清净句计有十七句，所以称为“十七清净句”。

譬如：当中有所谓“欲箭”，也是达到清净的菩萨境界。“欲箭”指的是疾驰的欲望之箭。

男看到女或女看到男，贯穿内心的欲望之箭，也是达到清净的菩萨境界。

还有“爱缚”，也是达到清净的菩萨境界。

“爱缚”即是想独占对方，或因情爱之念将对方和自己束缚。其实，也就是男女裸露拥抱，手脚相互交缠的姿态。《理趣经》上写着，这也是达到清净的菩萨境界。

妙适清净句是菩萨位
欲箭清净句是菩萨位
触清净句是菩萨位
爱缚清净句是菩萨位
一切自在主清净句是菩萨位
见清清净句是菩萨位
适悦清净句是菩萨位
爱清清净句是菩萨位
慢清清净句是菩萨位
庄严清净句是菩萨位
意滋泽清净句是菩萨位
光明清净句是菩萨位
身乐清净句是菩萨位
色清净句是菩萨位
声清净句是菩萨位
香清净句是菩萨位
味清净句是菩萨位
何以故　一切法自性清净
故般若波罗蜜多清净

男女交合所产生的妙不可言的感觉，就是清净的菩萨境界。

所谓欲望之箭疾驰，是清净的菩萨境界。

身体相互接触，是清净的菩萨境界。

因情爱产生的束缚，是清净的菩萨境界。

一切的事情，只要自己做主，是清净的菩萨境界。

以情爱的眼看着对方，是清净的菩萨境界。

最高的愉悦，是清净的菩萨境界。

怀抱着爱情，是清净的菩萨境界。

心情亢奋，是清净的菩萨境界。

梳妆打扮，是清净的菩萨境界。

丰润的心，是清静的菩萨境界。

闪亮的满足心，是清净的菩萨境界。

身体的欢乐，是清净的菩萨境界。

眼睛能看到对方的模样，是清净的菩萨境界。

耳朵能听到对方的声音，是清净的菩萨境界。

鼻子能闻到对方的香气，是清净的菩萨境界。

舌头能触到对方的味道，是清净的菩萨境界。

何以如此说呢？因为这一切自始都是清净，所以可以达到菩萨境界。

因此，透彻真理的智慧，就是清净。

以上就是《理趣经》十七清净句的内容。

凤鸣凝视着答出“妙适”的空海。

“那么，你曾体验过妙适吗？”

“是的。”空海爽快地答道。

“如何呢？”

“妙适的感觉吗？”

“是的。”

“真是好感觉啊！”空海也是毫不犹豫地答道。

“原来如此……”凤鸣隐约带着一抹微笑。

志明和谈胜好像要说什么似的张开嘴唇，却什么都没说又合上了双唇。

僧人是有所戒律的。

女犯——即僧人破了不淫戒，而与女人交合，其罪大恶极。然而，自古以来，并非每位僧人都严守戒律。

僧人除了不能与女人交合外，饮酒、食肉等都是被禁止的，但是破戒的人却不少。

大唐的西明寺当然也不例外。虽说不例外，一旦被问起是否抱过女人，却无法爽快地回答“有”。

所谓“懂得妙适吗？”这问题和“抱过女人吗？”是同等意义。

不过，被凤鸣如此一问的空海，却坦然回答“有”。

接下来被问到女人的滋味如何，空海的回答，换成白话就是“真是好滋味”。

无论言词的表面如何修饰，话语的内容就是如此。

这些内容让志明和谈胜深感惊讶，而忍不住想开口。

曾经和女人交合过，若是在成为僧人之前也就罢了。若是之后的事，既然听到了，志明和谈胜就不能不对空海有所处置。

“懂得妙适，是在当和尚之前，还是之后呢？”

看到凤鸣不再继续追究这问题而放下一颗心的，或许是志明和谈胜。

若是空海被问到这个问题，假若他是在当和尚后才体验到妙适，相信他必定也是不假思索地回答“之后才体验到”。

无论《理趣经》如何记载，《理趣经》也只是众多佛经之一而已。《理趣经》是《理趣经》，戒律是戒律。

志明和谈胜两人的心情暂且不表，有两个人对这番谈话却有些难以掌握，那就是橘逸势和大猴。

两人大致上明白是在谈论男女之间的性事，对于细节则不太理解的样子。不过，逸势却知道这位来自吐蕃的僧人无法难倒空海。

然后，又谈论了一阵子日本和吐蕃的事。

“我曾经在吐蕃的僧院大昭寺修行，之前就对密宗很感兴趣，才会为学密而来到长安。”凤鸣如此说道。

“不知凤鸣先生来到西明寺有何贵干呢？”空海问道。

“明天上午有事要到太平坊——”凤鸣说到这里停了下来，看了一下空海的反应。

“是。”

“因为从青龙寺的新昌坊出发比较费时间，所以才先到西明寺。”

从西明寺的延康坊到太平坊，只有一坊半的距离。

换句话说，比起从长安东边的新昌坊走过去要近得多。

“太平坊的何处呢？”

“吕家祥的家中。”

“哦……”

“我想你也知道，吕家祥的家中住了一个叫刘云樵的人。”

“然后呢？”空海并未回答知道还是不知道。

逸势只是一味地吞口水。

“这事情变得可是愈来愈有趣了。”凤鸣说道，又看空海一眼，

“若邀你明日同往，你愿意去吗？”

喂——

逸势以差点脱口叫出的眼神，看着空海。

“一定去。”空海说道。

“大约在辰巳时刻出发。”

“好的。”

有关刘云樵事件，两人的交谈仅此而已。接着，又谈了一会儿吐蕃的事。

“时候不早了。”空海打算告退。

“请留步。”凤鸣叫住已经起身的空海，“你的脸上显现一种即将有祸事降临之相——”

“是吗？”空海以满不在乎的神情望着凤鸣。

“我有一件好东西想送你。”

凤鸣一说完，就闭上双眼，口中低声念起咒语。

“南摩。阿迦舍揭婆耶。嗡……”

他边念，边将伸开的双手往前举起，慢慢地合在胸前。

“南摩。阿迦舍揭婆耶。嗡。阿唎。迦玛唎。慕唎。梭哈。”

念完后，凤鸣睁开双眼。

“这是虚空藏菩萨真言啊！”空海说道。

“正是。”他边说，边将合十的双掌张开。

“咦……”逸势低声叫着。

凤鸣的双掌之中，有一颗闪着淡淡金光的圆球。

“这是尊玉吗？”空海盯着那散发着光芒的玉说道。

“虚空藏菩萨的尊玉。”凤鸣说，“这个送给你。今夜不管你如何熟睡，任何妖物也无法挨近你。”

“感谢你的惠赠。”

空海伸出双手，从凤鸣手中接过那散发着淡淡金色光芒的圆球。空海以双手捧着并举起来，放在自己的额头上。那散发着金色光芒的圆球立刻钻进空海的额头。

“那么，我也得有所回礼才行。”

空海说着，就闭上双眼，嘴唇发出低低的咒语声：

“曩莫。萨缚。怛他孽帝毗药。萨缚。目契毗药。萨缚他。咀罗。赞拿。摩呵路洒拏。欠。佉呬。佉呬。萨缚。尾覲南。吽。怛罗。憾……”

不动明王咒中的火界咒。

空海一边念着咒语，一边张开左掌举到胸部的高度，再将右掌覆盖其上，继续念着咒语，慢慢将右掌从左掌之上举起来。

“空海……”站在一旁的逸势低声叫道。

随着右掌举起，空海的右掌和左掌之间出现一样东西。一根细细的、金色的茎，随着右掌举起，慢慢伸展开来。

空海的右掌完全离开后，明显可以看到他的左掌生长出一样东西。金色的茎上端，有一朵淡金色的花，且这朵花有如火焰，不时改变形状，在茎头上摇曳着。

“不动明王的吉祥花。”空海说道，“这个送给你。”

“谢谢。”凤鸣说着，伸出双手。

空海左掌那朵盛开的吉祥花移到凤鸣手中，凤鸣将那朵淡金色的花放在自己喉头上，那朵花立刻钻进凤鸣的喉头。

空海和凤鸣对视着。

“那么——”

“那么——”

也不知哪一方先说道，空海已起身。

“真是厉害啊！”

双手交错，眼看着两人相互较劲的大猴，喃喃自语后，也跟着起身。此时，逸势早已起身了。

“告退了。”空海说着，走出房外。

如此，不管是对空海，还是对逸势而言，这漫长的一日就此走入尾声。

【四】

逸势回到房里，两眼炯炯发光，充满兴奋。

“哎呀！真是太开心了，空海。”

“为什么呢？”空海问道。

“因为，你和那个吐蕃来的凤鸣较劲，一点也不逊色啊！”

“逊色？”

“是啊！当我走进那房里，看他浮在半空中时，魂都吓跑了。”

“原来是那件事。”

“说得倒轻松，你不觉得一个活生生的人浮在半空中，是一件了不起的事吗？”

“了不起是了不起，那又如何呢？”

“听你的口气，好像不觉得那是一件了不起的事。”

“我没有这样说。”

“你的口气就是这样。你若不是自认也办得到，不会用这种口气说话。”

“倒也不是办不到。”空海满不在乎地说道。

“什么？！”逸势忍不住惊叫道，“空海，你也办得到吗？喂——”他的声音提高了。

“我只是说‘倒也不是办不到’而已。”

“总之，就是办得到啰。”

“办得到。”

“那我就安心了。”逸势说道。

“安心？”

“若是凤鸣办得到的事，你却办不到，不是令人很懊恼吗？”

“为何要懊恼？”

“因为喜欢你啊！空海。若是你被他比了下去，就是整个日本国都被比下去了。”

“日本国吗？”

空海好似从逸势的口中听到什么意料之外的话般地嘟囔着。

空海以“想不到你会说出这种话”的眼神，看着曾经说过“日本国和大唐比起来，简直是小巫见大巫”的逸势。

“空海，我很了解自己的性格。一碰到事情，立刻就要做比较。我很喜欢把自己和别人做比较。而且，还得判别高下优劣——”逸势坦白说道。

“你确实有这种毛病。”

“空海，坦白说，在日本时，我一直都自认为是天才。那些官吏，在我眼里都是一群俗物，我认为在那个国家里没有任何人真正能够评价我的才华。我认为大唐的长安，由于人才荟萃，应该会有人真正能够了解我的才华——”

“嗯。”

“我希望出入唐宫，与天下名士交往，谈笑于觥筹交错之间，让人知道倭国有个橘逸势。不！我认为一定可以如此——”逸势望着空海，继续感慨地说，“但是，空海啊！我碰到你，又来到大唐的长安，才完全明白，所谓什么天才，只是在日本国内的事而已。”

“我能够和你在一起，真的很好。若是没有你，在长安的我或许会更胆怯、更退缩。”

“是吗？”

“空海啊，我真的比不上你！但是，对于比不上你这件事，我一点也不觉得懊恼，实在很不可思议。”

“……”

“我想那是因为你真的很厉害。”逸势以有些兴奋的口气说道。

逸势在唐都长安西明寺的一室，望着房内燃烧的灯火。

“现在，我很怀念那小小的倭国……”逸势说道。

漫长的一日，这一天最后的一盏灯火，如此被熄灭了。

第十一章　猫道士

【一】

空海和逸势徒步走出西明寺。

还有青龙寺的凤鸣。大猴也随行。

“看来大猴也想去。”

正要出门时，空海看着来送行的大猴，便顺口邀他同往。另外有个带路人。那人是吕家祥家中的仆役赵子正。

途中，逸势未发一语。

虽是未发一语，他的脸上却充满好奇的神情。

仅是普通的路程而已，可能因为兴奋而喘不过气来，不时会深呼吸一下，然后再狠狠吐一口气。

终于，抵达位于太平坊的吕家祥家。

吕家祥的为人是金吾卫当中少见的温和，他年龄四十有余。凤鸣、空海、逸势和吕家祥都是初次见面，大家各自报上名号。

“寄居西明寺，倭国留学僧空海。”

“橘逸势。”

“大猴。”

吕家祥一知道和青龙寺凤鸣同来的人竟是倭国留学僧和留学生后，便立刻露出惊讶的表情，何况还跟着一个胡人模样的大汉。

“这几位都是我的友人。昨夜，我从这两人口中得知，在倭国也发生过好几次如贵友刘云樵遭遇的事件。特别是空海师父，更具有这方面的法力，他对贵友刘云樵的事颇感兴趣，今日才会带他们一起来。听说刘云樵的病情不时会发作，带大猴来是为了不时之需——”凤鸣流利地说出事先预备好的说辞。

吕家祥恭敬地迎进四人。

一到刘云樵房内，就看到刘云樵已经起身坐在床铺上。

吕家祥、凤鸣、空海、逸势、大猴，他的眼睛依序观看了进入房内的五个人。虽然视线追着五人，焦点却看似游移不定。

刘云樵的脸颊消瘦，两眼突出眼窝，露出一种怪异之相。脸颊到下颚长满凌乱的胡须。嘴巴半张，可以看到他的牙齿和舌头，嘴角有口水干掉的痕迹。

他望着站立在自己周围的人，冷不防脸颊开始抽搐起来。

“啊——”他叫道，“你们是要来杀我的吗？原来你们是要来杀我的……”

他以一种发自喉咙深处的低沉声音说道。刘云樵在说话时，两个眼球转个不停。

“等一下。不是说好一个月吗？时候尚未到，不是还有好几天吗？过些时候再来吧！”

刘云樵说话的口气，好像在告诉做错事的部属一般。

四人来到这房间之前，已大致听说过事情原委。

这是青龙寺两位僧人回去报告“妖猫已经被降伏，没问题了”之后才发生的事。

刘云樵的妻子行踪不明，他本人则陷入半疯狂状态。因此，青龙寺方面才又派凤鸣前来探望。

空海在青龙寺那两位僧人抵达刘云樵的宅邸之前，曾到过那屋里和妖猫会面并交谈，谈论有关宇宙的问题。

那是个难缠的妖怪。

妖猫已经看透空海对青龙寺颇感兴趣。

总之，那不是一个好应付的对手。

空海离开刘云樵家的翌日，从青龙寺来了两个僧人。

虽然听说妖猫被那两人降伏，空海却不太相信，因此，拜托胡玉楼的玉莲，若发觉刘云樵有什么苦恼，就叫他到西明寺来找空海。

不过，刘云樵还来不及找空海，就变成一个疯子了。

凤鸣对于空海曾到过刘云樵家之事，似乎知道，又像不知道。总之，凤鸣好像知道这次事件和空海有所关联。

空海、凤鸣都不是大唐子民，而是异邦的僧人。

“空海，该如何好呢？”凤鸣对空海说道。

“总之，得先听刘云樵把事情讲一遍，不过他好像无法正常地把事情说清楚。”

“是的。”

“刘云樵家里，到底发生过什么事？妻子春琴又如何了呢？首先，就从妖猫现在是否附在刘云樵身上开始吧——”

“空海，你来吧？”

“不，今天我只是跟着来而已，请让我见识一下凤鸣师父的法力。”空海语毕，后退一步。

反之，凤鸣跨前一步，站到刘云樵床铺旁边。

刘云樵畏怯地缩着身子，往床铺角落爬过去。他所逃躲的尽头，就是墙壁了。

“不要怕！我是来帮助你的。”凤鸣以沉稳的声音说道。

刘云樵一听到凤鸣的声音，好像立刻回过神来。

“真的吗？”

刚说着，眼神又变得有些诡异，露出狂气。

“是来杀我的吧！一定是这样。在哪里？把绢布藏在哪里呢？”

“绢布？”

“对啊！你想用绢布把我绞死，对不对？春琴也想这样把我绞死。”

“春琴？”

“不要杀我！不要杀我！不要杀我！”刘云樵好似梦魇般喃喃自语。

“我是你的朋友。”凤鸣轻轻地伸出右手。

“哎呀！”刘云樵大叫一声，扑向那只手。

“咯——”

半空响起刘云樵的咬牙声。原来刘云樵想狠狠咬住凤鸣伸出的那只手。凤鸣若非及时缩回手，说不定会被咬断手指。

就那样，趴着的刘云樵从床上跳下来，四处乱跑。当他正要撞向空海之时……

“等一下！”

大猴高大的身体挡在刘云樵面前，用强壮的双手抓住正要往前撞的刘云樵。真是孔武有力。

刘云樵的双手被往后扳，动弹不得，被抓住了。

“哦……”吕家祥忍不住对大猴那双强壮的手臂发出赞叹之声。

“如何处置呢，空海先生？”大猴气定神闲地问道。

空海以询问的眼神看着凤鸣。

“麻烦就这样抓住他。”

凤鸣语毕，走近刘云樵身边。他把自己的右掌放在刘云樵额头上。不久，又把手移到喉咙。

接着，是胸部。

然后，是腹部。

再来，是股间。

手掌如此顺序触摸，口中低声念着不知什么咒语。

“在做什么呢，空海？”逸势压低声音悄悄问空海。

“看看妖怪是否附在刘云樵身上。”空海答道。

“那样就能知道吗？”

“有时知道，有时不知道。因为妖怪并非一直附着，时而附身，时而不附，即使现在没附身，明日如何就不得而知了。”

“哦。”

逸势看着凤鸣的手在刘云樵身上到处触摸着，全身不禁紧张起来。

不久，凤鸣放开手掌。

“好像没有被附身。”凤鸣说毕，收回触摸刘云樵的手掌。

“喂……”逸势拉拉空海的袖子。

因为他看到凤鸣的手掌变得一片乌黑。

凤鸣手掌上黑黑的东西，好像还会蠕动。仔细一看，那是比蚂蚁更小的黑色虫子。

“只是聚集着这些像垃圾的小东西。”

凤鸣瞪视着在手掌上爬动的黑虫说道。“呼”的一声，凤鸣手掌上的小黑虫有如融入大气之中般消失了。

“他在做什么？”逸势问道。

“我上次不是从玉莲姑娘手臂上抓出饿虫吗，类似那种东西。”空海说道。

“对不起，可否准备一些干布——”凤鸣面不改色地对吕家祥说，“打算要丢掉的破布也可以。”

吊起眼梢观望方才光景的吕家祥，这才回过神来，慌忙朝房外命人准备干布。干布立刻送了过来。

“抱歉，请再压住刘云樵一阵子。”凤鸣道。

“啊！当然可以。”大猴开心地说道。

凤鸣又站在刘云樵面前，这次徐徐地将双掌放在刘云樵头上，双掌合拢，稳住他的脑袋。

“需要帮忙吗？”空海问。

“那就麻烦了。”凤鸣说道。

凤鸣的嘴里传出低低的咒语声。

Namo buddhāya namo dharmāya nam−aḥ saṃghāya, namaḥ, suvarṇâvabhāsasya……

这是孔雀明王咒。

空海将准备好的干布——一块破布握在手里，站在凤鸣一旁。凤鸣继续念咒。逸势只是一个劲发出吞口水的响声。

“呕——”

刘云樵的鼻子流出黑黑的、湿湿又闪光的东西。那东西从两个鼻孔流到嘴唇旁边。

空海拿布去擦，刚擦过，又流了出来。

不久，黑色液体流出来的速度渐渐变慢。然后，停止了。整个屋内充满一股腐败臭味。凤鸣把手放开。

“结束了。”凤鸣说道。

“可否将这扔掉呢？”

空海把为刘云樵擦拭鼻孔的破布交给吕家祥。

“那到底是什么？”逸势问道。

“是刘云樵体内的恶气及类似饿虫的东西，还有腐败的血。凤鸣让这些东西从鼻孔流出来。”空海说道。

刘云樵以畏怯的眼神看着凤鸣和空海。虽说畏怯，方才眼中那种诡异的神情顿时减少了许多。

“放开也没关系了。”

空海一说，大猴立刻松开抓住刘云樵的手。

“真是厉害啊！空海先生。”大猴说道。

刘云樵的表情，好似大梦方醒。虽然脸色仍然苍白，但却不会给人一种死人的感觉。

“吕施主，麻烦端杯热茶给刘施主。”凤鸣说。

热茶立刻端上。刘云樵慢慢地将整杯茶喝光。刘云樵的神情也变得比较镇静。

“那么，从头再问一次吧——”凤鸣对刘云樵说道，“刘施主，那晚到底发生了什么事呢？”

刘云樵以畏怯的眼神看着凤鸣和空海，那是求救的眼神。

“我内人，也就是春琴，突然变成一个鸡皮鹤发的老太婆，想杀死我。”

【二】

刘云樵露出畏怯的神情，开始叙述那晚的经过。

凤鸣在他的叙述当中不时插嘴提问。提出问题的，只有凤鸣。基本上，局外者立场的空海和橘逸势只是默默聆听。

可能因为畏怯和兴奋，刘云樵的话一再重复或者前后不一致时，凤鸣就会出声问清楚，刘云樵的叙述才总算理出了头绪。

刘云樵打着哆嗦说，他和妻子春琴久别后想共寝，春琴突然变成一个鸡皮鹤发的老太婆。

那时，刘云樵在床铺上等着春琴。

春琴站在垂着绢帷床铺的另一边踌躇着。就在两人交谈之时，春琴抽抽搭搭地啜泣起来。

刘云樵急忙问春琴何以哭泣，她的回答实在出人意料。

“你不会杀了我吧？”

“当然不会呀。”刘云樵回答。

“你该不会说，日后一定会把我挖掘出来，却把我埋在土里几十年也不理我吧？”春琴又说。

然后——

感觉到春琴在垂着绢帷床铺的另一边，把裹在身上的衣物脱掉了。

她的影子映照在绢帷上，看起来怪怪的，瘦小、驼背又弯腰。

“我变成老太婆后，你还爱我吗？”

春琴的声音听起来非常沙哑。那不是刘云樵所熟悉的春琴的声音。

春琴的手伸进绢帷内。那也不是春琴的手，而是一只布满皱纹的手。那只手把绢帷拉开，一个满身皱纹的裸体老太婆伫立在床边。

“哇——”

刘云樵大声惊叫，从床上站了起来。他张大嘴巴，死命地喊叫着。

眼前是个皮包骨的老太婆，眼窝深陷，眼睛周围满是眼屎，白发苍苍。

虽然长着头发，却少得可怜，头上仅有稀疏的白发。

胸前肋骨浮现，脖颈上青筋暴露。乳房皱巴巴地往下垂挂，紧贴胸前。

“我，漂亮吗？”

老太婆问道，转动着满是眼屎的黄眼球，紧盯着刘云樵。

老太婆伸出瘦如枯枝的手，拿起掉落在地上的春琴的衣物，往自己身上裹起来。

她边裹，边低声不知说着什么。说是在讲话，还不如说是在唱歌。

虽然知道在唱歌，但那低低的声音，加上让人很不舒服的沙哑声，听来更像咒语一样。

不过，确实是一首歌。

老太婆的身体，配合着歌声开始动了起来。手舞足蹈，还转动脖子。老太婆和着自己的歌声，竟然舞动起来。

云想衣裳花想容，
春风拂槛露华浓。
若非群玉山头见，
会向瑶台月下逢。

看到云想到你天衣飘逸，看到花想到你的容貌，
花的浓香藏在露珠之中，春风轻吹才散发出来。
像这般美丽的人，若不是在群玉山见到，
就一定是在瑶台月下相逢。

优美又感人的词曲，声音却断断续续，舞动的姿势也不像舞蹈。老太婆突然停止不唱，以怨恨的眼神瞪着刘云樵。

“为何用那种眼神看我呢？”老太婆说，“我的姿态，有那么丑陋吗？”

老太婆走到刘云樵身边。裹着老太婆身体的春琴的美丽衣物，一件件掉落到地上。

老太婆伫立在床边。

刘云樵简直魂飞魄散。

她以猫般闪着光芒的眼睛盯着刘云樵，以牙齿衔住垂在床铺周围的绢帷，然后狠狠地把它咬碎。

刘云樵被变成老太婆的春琴盯着看时，身子一动也动不了。

“这是绢布哟！我要用这绢布把你勒死。绢布是很牢固的。”

春琴一边说，一边把柔软的绢布缠绕在刘云樵的脖子上。

脖子一被勒住，渐渐失去知觉，就什么都不知道了。醒转过来时，

已是翌日被用人们发现在吃自己的粪便了。

刘云樵的头发一夜之间全变白了。

大致听完刘云樵的说明后，凤鸣低声自语：“事情原来如此。”又转向空海，简短地问道，“意下如何呢？”

“真是不可思议。”空海说道。

“正是。”

“春琴为何变成老太婆，倒有几个可思考的方向。”

“有什么想法呢，空海？”逸势问空海。

“一是春琴真的变成老太婆了。”空海说。

“另外呢？”逸势问。

“刘云樵认为是春琴的人，根本就不是春琴，自始至终就是那个老太婆。”

“还有呢？”

“春琴和老太婆在刘云樵上床后被巧妙调包了，或者刘云樵本身中了什么邪术。”

“其他还有吗？”

“大抵就是如此吧！”

“你认为如何呢，空海？”

“不知道。”

“不知道？”

“相当凶恶的妖物附在春琴身上，或者附在刘云樵身上，也有可能两者都有，总之有种种情况。”

“春琴被附身还可理解，为何说刘云樵被附身呢？”

“如同方才所言，也许刘云樵中了什么邪术，才把春琴当成老太婆，把老太婆当成春琴。”

“嗯。”逸势明白似的点点头。

空海看着凤鸣说道：“春琴说出好些值得推敲的话来。”

“不错。”凤鸣点头答道。

“你不会杀了我吧？”

“你该不会说，日后一定会把我挖掘出来，却把我埋在土里几十年也不理我吧？”

“我变成老太婆后，你还爱我吗？”

“还有就是绢布。”空海说道。

“对。”

“像是用绢来绞首。”

“你有没有什么线索？”凤鸣问刘云樵。

“你是指埋在土里几十年啦，绢啦什么的吗？”刘云樵说道。

“是。”

“没什么线索。”

“那首歌呢？”空海问道。

“春琴唱的歌吗？”

“还有舞蹈。”

“那首歌是第一次听到，那舞也是第一次看到。”

“若是还记得的话，可否照着春琴的姿势比给我们看？”

“现在吗？”

“是的。”

空海以断然的口吻点头，刘云樵立刻起身。

“无法全部记得，有些动作还很清楚地记得，我可以比给你们看——”

刘云樵局促不安地举起双手，“咚”一声，右脚轻轻踏在地板上。刘云樵以不纯熟的动作舞动着。

“大概就是这样。”舞罢，刘云樵自语道。

“对于这舞，你心里有谱吗？”

“没有。”刘云樵答道。

“吕施主，这舞你知道吗？”凤鸣替空海问道。

“不，这方面我完全不懂。”吕家祥摇头说道。

“空海，你知道吗？”逸势问。

“我还没余裕去钻研舞蹈。但是，却可以模仿刚刚那舞蹈的模样，向某人问问看。”

“说得也是。我心中也有个谱。关于这舞蹈，我也想去调查。配合那舞蹈的歌词，应该是个重要线索。”凤鸣说道。

“这好像是歌咏一位非常美丽的女性的歌。”

空海一说，凤鸣立刻点头。

“接下来……”凤鸣再度看着刘云樵。

刘云樵以不安的眼神回望凤鸣。

“还有一件事想请教，听说妖猫预言你一个月后会死掉。”

凤鸣话到一半，刘云樵脸上的不安明显地转为恐惧的神情。

“啊——”他大声叫道。

空海和逸势也听过此事。

妖猫如此预言，刘云樵因为胆怯而向青龙寺求救，青龙寺的僧人才前往刘云樵家中降妖。理应不再有事的，却不知发生何事，以致刘云樵呈半疯狂状态。今日凤鸣才找上刘云樵。因此，凤鸣大致也清楚经过情形才对。

“妖猫预言的日期，不是还有十天左右吗？”凤鸣问道。刘云樵一确认日期，才浮现出放心的表情。

“是的。还剩九天。”他说。

“是吗？”凤鸣好似在思考什么般，简短地自语，“明白了。那么，这九天当中，我就和你在一起吧！反正，看来你好像也没什么工作，我应该不会妨碍你吧？”

“这、这样不会太麻烦吗？”

“说来也是因为我们以为妖猫已经被降伏了，才会发生今日这种事。”

“不、不过……”

刘云樵的脸上一下子浮出“安心了”，一下子又出现“真能相信这个年轻和尚吗”的不安而复杂的表情。

“当然，一来要你不嫌弃，另者也要吕兄允许。”

“我当然没问题。”全程观看事情演变的吕家祥说道。

“那么，就……就万事拜托了。”

虽然刘云樵仍不能去除心中不安，但是若不恳求帮忙，他也不知要如何度过这段日子，所以只得低头求助。

“那，从此时开始，我就住在这里。这件事也得赶紧通知青龙寺。如此一来，万一我不在时发生什么事就不打紧了。等一下就写封信吧！因为也得准备一些必要的东西。刚好也让青龙寺再派一个人来，如此我行动也比较方便。”

“可以吗？”

“当然。因为惠果师父已经把这件事委托于我。”

“一切全靠您了。”

“从现在开始，千万不要一个人外出。就寝时，我也跟你睡在同一房内……”

凤鸣对刘云樵说完后，又转向空海，像是试探空海地问：

“空海师父，你还有其他问题要问刘施主吗？”

“嗯……”空海把视线转向刘云樵，“刘施主，你经常出入一间名叫雅风楼的妓院吗？”

“是的。”

“刘施主，有一位旧识的妓女，名叫丽香的，也在那里吗？”

“是的。”

“你知道她现在如何了吗？”

“不知道。听说好像已经离开雅风楼了。”

“你和这个丽香姑娘，是如何相识的呢？”

“她在西市被恶棍纠缠时，我路见不平拔刀相助。”

“怎么一回事呢？”

“大约半年前，我到西市想买些西域珍品送给另一位相识的妓女。”

“然后呢？”

“我找到了琉璃耳饰，正想购买时，看到丽香——”

“那时，有男人在欺侮丽香吗？”

“是的。那男人想向丽香借钱。听口音，好像南方来的人。在长安，这种事并不稀罕。想必是游手好闲的无赖汉，以为到京师会有什么好事，结果找不到落脚地方，盘缠又用尽，只好向人伸手要钱度日。”

“因此，你就拔刀相助？”

“正是。我是金吾卫的卫士，对付那些无赖早已习以为常。”

“因此，和丽香姑娘相识了。”

“是的。”

“感情非常好吗？”

“当然。因为我是搭救过她的恩公，当然比普通客人更加亲密。”

话匣子一打开，刘云樵就滔滔不绝。

“在雅风楼时，都谈些什么呢？”

“什么都谈。”

“怎么说？”

“她对我这金吾卫卫士身份好像颇感兴趣，经常东问西问，我也尽量回答。”

“唔。”空海低声说，“刘施主，你曾经为妖猫的事找过道士，对吗？”

“是的。”

“那些事也都说给过丽香姑娘吗？”

“是的。那些事都和丽香商量过，找道士商量也是丽香教我的。”

“那位道士，是谁介绍的呢？”

“丽香。”

“哦！”

“说介绍是有些夸大，她只是告诉我几个长安道士的名字，让我从中挑选了一个……”

“原来如此。”

“这有什么问题吗？”

"不，只是有点感兴趣而已——"

空海语毕，向刘颔首致谢。

【三】

走出太平坊的只有三人，空海、橘逸势、大猴。

三人并肩走在一起。凤鸣一人留在吕家祥家。

凤鸣送空海三人至太平坊的坊门。他们刚刚才在坊门和凤鸣告别。

"空海先生，实在厉害啊！"一路上，大猴不断发出感叹之声。

逸势双手交错、紧闭双唇地走着。空海则如同平日般飘然而行。

"喂，空海……"逸势叫着空海。

"怎么了？"

"那个凤鸣，也许是一个出乎意料的好汉。"

"为何突然说这些呢？"

"哦，他不是把我们送到坊门了吗？"

"因为他有话要跟我们说。"

"我知道啦！我说的是谈话内容。他不停地邀你到青龙寺，对不对？"

"的确没错。"空海点点头。

走出吕家祥家门时，包括凤鸣在内共四人。

"我送你们到坊门。"

凤鸣说着，就和空海一行人走出吕家。

"刚才那些事，我倒是第一次听说。"

在看不到吕宅时，凤鸣对空海说道。

“什么？”

“雅风楼那个妓女丽香的事。她和这次的事有什么关联吗？”

“也许有，也许没有。”空海老实回答。

“你认为有，对不对？”

“对。”空海直截了当地答道。

一时之间，大家沉默地走着。

路边槐树的叶子在阳光的照射下闪闪发亮。马车及行人熙来攘往。空海和凤鸣心不在焉地眺望着这些景色，继续走着。

“空海师父，我认为这次的事相当棘手。”凤鸣突然又冒出这句话。

“我也这么认为。”空海说道。

“以为妖怪已被降伏，却未被降伏。看来问题并未解决。”凤鸣明确地说道。

“是的。”

“刘云樵的过去——也许得追究他祖先的家谱。”

“我的看法也是这样。”

“有关那些事，我打算再深入调查看看，也要问问刘云樵本人。”

“我也想继续调查丽香。其实，大猴已经帮忙调查这事了。”

“有什么眉目吗？”

“现在丽香已不在雅风楼。不知为何，好像住在亲仁坊一个道士还是方士的家中，若有什么结果再通知你。”

“若我知道刘云樵的事，也会通知你。”

“大猴不时会来拜访你，就让大猴充当联络人吧！”

“就此约定。”

“就此约定。”

空海和凤鸣，相互点头。

走着走着，已经可以看到前方的坊门了。

“你什么时候来青龙寺呢？”凤鸣突然问道。

“我想时候快到了。”

“惠果阿阇梨，对你好像颇感兴趣。”

“是吗？”

“因为你做了不少引起青龙寺注意的事。”

“实在惶恐！”

“有时候，与其聪明过度，不如老老实实前往比较好。”

“我明白你的忠告，将铭记在心。”

“刘云樵的事，也是为了与青龙寺争锋吗？”

“刚开始确实如此。”

“现在呢？”

“感觉事情根源深邃，已经无法考虑争不争锋的问题了。”空海说得很坦率。

凤鸣露出微笑。

“太好了，你原是这般的人。其实，惠果师父要我来看看空海这个人。我就把自己所看到的事照实报告吧！”

凤鸣话到此，就停下了脚步。因为已经抵达坊门。

“你要来青龙寺时，请通报一声。我会替你带路。”

“到时候，请务必帮忙。”

在坊门前，空海和凤鸣面对面，相互注视。

"后会有期。"

"后会有期。"

空海和凤鸣互道别离。如此这般。现在，三人正往平康坊走去。

"不过，空海啊，我有些不太明白的地方。"逸势边走边道。

"什么事？"

"丽香的事。你为何会觉得那女人可疑呢？"

"单就一件事考量的话，好像没什么。几件事联想起来，不得不觉得丽香和这事一定有所关联。"

"哦。"

"首先，附在春琴身上那只妖猫第一次向刘云樵提起的，就是丽香之事，不是吗？"

"那妖猫好像很清楚他经常去找雅风楼的丽香。"

"仅是如此，还不足以构成问题。因为妖猫还说出不少其他人所不知道的事。"

"那么，为什么——"

"道士的事。"

"哦！"

"刘云樵不知如何是好时，打算拜托道士来降伏妖猫。道士准备把掺毒的食物给它吃，妖猫早已知道此事。这又是为什么呢？"

"那不就是因为猫怪的妖术比道士的法力还强吗？"

"算了吧，逸势！无论妖猫的法术有多厉害，身在其他场所，要能够完全知道一个人一整天做了些什么、到过什么地方，实在很困难。倒不如跟随其后，还比较轻松。何况当时对手还是个有法术的道士。我不认为它的妖术连下毒这事都能够知道。"

“正因为如此，我才说妖猫的法术高强啊！”

“好，算啦。还有一件事，又该如何解释呢？”

“还有其他的事吗？”

“有。你也知道的，就是胡玉楼的事。”

“胡玉楼？”

“我不是从玉莲姑娘手臂取出过饿虫吗？”

“这件事，当然还记得。”

“若只是普通情况，饿虫不会那般聚集在人体内。”

“什么情况才会如此聚集呢？”

“邪视。”

“邪视？”

“是的。那时，我没有明讲，就是带着恶意、怨恨瞪视着某人，就能够让对方生病甚至死亡的眼睛——那就叫邪视。”

“哦——”

“就是那时候吧！玉莲姑娘被丽香姑娘的熟识恩客刘云樵召唤。”

“确实说过这回事。”

“因此，我们才会介入刘云樵事件。”

“这么一说，我倒想起来了，玉莲姑娘说过，丽香经常以怨恨的眼神瞪她。”

“因此，我才会认为丽香姑娘就是那个施展邪视的人。”

“嗯。”

“不过，单就这件事考量，倒也没什么。但是，事事都和刘云樵有关，这又该怎么解释？”

“怎么解释？”

“若是刘云樵任何事都一五一十向丽香姑娘透露，许多事情就可以联结起来了。大猴不是说了吗，最近，丽香姑娘已经不在雅风楼，而是住进道士还是方士的家中。虽然没有确凿的根据，但若丽香姑娘是敌方的人，许多事情不就可以说得通了？”

“原来如此，这样说来，我也有些明白了。”

“不过，也不能就此断定。”空海边走边又叮咛一句。

“话又说回来，还有一件事，空海——”

“什么事？”

“方才凤鸣说的。他是不是说，你为了引起青龙寺的注意，做了不少事？”

“是说了。”

“这是什么意思呢？”

“这个啊！就是让有关我的传闻传到青龙寺去啊！”

“什么？！”

“在洛阳客栈那件怪异的事啦，世亲的事啦，还有像这次的事件，等等。”

“你在说些什么？”

“西明寺的志明和谈胜会把我这些赞誉适时地传到青龙寺去。”

“你拜托过他们吗？”

“没有。只是他们自己爱去传。这次刘云樵的事，我也希望比青龙寺捷足先登，但不知为何，总觉得根源很深……”

“你确实说过那样的话。”

“凤鸣忠告我，聪明过度并不好。那确实是很受用的忠告。”

“你又为何要让自己的传闻流入青龙寺呢？”

“为了密法。”空海停下脚步，仰天而望，断然说道。

“密法？”

“我希望把密法涓滴不漏地取回国去。”

“……”

“而且，还要是短期内。”

“什么？”

“因此，与其以‘默默无闻的留学僧空海’的身份前往青龙寺，还不如以‘那位空海’的身份前去，效果会来得快些。”

逸势感慨良深地望着说出此话的空海。

“光想些莫名其妙的事，你啊——”

“不过，光聪明是不行的。我险些因为自作聪明而失策了……”空海再度仰望天空。

蔚蓝一片的，正是长安的天空。

图书在版编目（CIP）数据

妖猫传：沙门空海.1 /（日）梦枕貘著；林皎碧译. —北京：北京联合出版公司，2017.2（2022.6重印）

ISBN 978-7-5502-9039-6

Ⅰ.①妖… Ⅱ.①梦… ②林… Ⅲ.①长篇小说－日本－现代 Ⅳ.①I313.45

中国版本图书馆CIP数据核字（2016）第261247号

著作权合同登记　图字：01-2016-7666 号

妖猫传：沙门空海.1

作　　者：（日）梦枕貘
译　　者：林皎碧
责任编辑：谢晗曦　夏应鹏

北京联合出版公司出版
（北京市西城区德外大街83号楼9层　100088）
嘉业印刷（天津）有限公司印刷　新华书店经销
字数：218千字　880毫米×1230毫米　1/32　印张：9
2017年2月第1版　2022年6月第8次印刷
ISBN 978-7-5502-9039-6
定价：45.00元